JN213850

マリー・パヴレンコ
河野万里子［訳］

静山社

ET LE DÉSERT DISPARAÎTRA
by Marie Pavlenko

「かつてはサハラ砂漠にいくつも湖があったのだから、
いつの日か、また新たな湖ができるかもしれないのだ」

テオドール・モノ『Méharées（ラクダに乗って）』より

マチアスとオーレリアンに

木で作られた監視台の高みから、その女性は、はてしなく広がる砂地に目をこらしている。地平線に連なるいくつもの砂丘が太陽の熱で揺らめくので、思わず目を細めて、なにも見落とすまいとする。

背後で木の枝が踊りだす。若葉がふるえ、風に吹きつけられて、枝が上下しはじめる。枝は、はね上がっては落ちて、そのひとのうなじをかすめる。それを手のひらではらいながら、そのひとはあらためて砂漠のかなたに集中する。

ふと、空と大地がもつれあう。

遠くでとつぜん、小さな砂の柱が上がる。とても小さい柱だが、そのひとにはもうその位置がわかる。

やってくるものに確信をもつと、そのひとはふり返って、下でしゃがんでいる少年に声をかけた。

「来たわ、新しいお客さんたち」

「じゃあぼく、あの〈本〉を読むの？」

「そうよ。みなさんがここに着いたら、まず体を洗いたいでしょうから、セレモニーはそれから。そこで〈本〉を読むの。〈評議会〉に知らせていらっしゃい！」

少年はにっこりすると、つる植物や木の根や茂み(しげ)をぬって駆(か)けていく。

その姿が入り組んだ木の幹のあいだに見えかくれし、やがて監視(かんし)台の向こうに広がる森のなかに消えるのを、そのひとはじっと見まもる。枯(か)れ葉のじゅうたんを踏(ふ)んでいく小さな足音も聞こえなくなると、あたりはしんと静かになる。

そのひとは背すじをのばして、髪(かみ)に手をやり、きれいに整える。チュニックから埃(ほこり)をはらい、はるばるやってきた客たちが着くのを待つ。

顔には出さないけれど、そのひともまた、〈本〉の朗読が待ち遠しくてたまらない。

砂漠はどこまでも広がっている。それは三色に塗りわけられた世界――。焼けつく砂が波もようみたいなベージュ、空の深い青、そして砂丘のふもとにある三角形の黒。無限のなかに吸いこまれてしまいそうな黒。

それが長老ばあさまのテントだ。

わたしたちが向かうのは、そこ。

とろりとしたスープの匂いが、鼻先まで上がってくる。熱いうちに食べてもらえるように早く行きなさいと、母さんたちから言われている。

わたしはテヴィダの手をぎゅっと握る。巻き毛のロングヘアがわたしの腕にさわって、くすぐったい。

「いい?」

テヴィダが棒きれを振る。中身が堅く詰まった長い円柱形の木の棒きれ。大都会で買ってきたものだ。わたしはもう一度だけ、キャンプのほうをふり返る。母さんがうちのテントの出入り口のところにいる。〈早く行きなさいったら〉というしぐさをしている。テヴィダのお母さんはうなずいている。二人が見まもってくれているとわかって、わたしは安心する。

「じゃあ行こう！」

わたしは怖かったけど、それは見せたくない。やわらかな靴底が、一歩一歩、たよりない砂にめりこむ。手が勝手に汗ばんできて、テヴィダの手のなかですべる。

テヴィダはわたしより二歳年上なだけ。なのに、もう母さんより背が高い。体つきも女らしい。わたしは十二歳だけれど、見た目はまだ子どもだ。髪ものばせない。わたしたちの部族では、髪をのばすには女性グループの許可がいるのだ。わたしはまだまだだろう。

黒い三角形が大きくなってくる。

テヴィダがわたしにほほえむ。

「地平線になんにもいない。今日はわたしたち、食べられちゃったりしないわね」

岩のかたまりみたいな、おぞましい姿の獣が空を背景に浮かびあがりはしないかと、わたしは目をこらす。獣は、身をかくすのがほんとうにうまいのだ。くぼみにうずくまっていたり、幻のようなこの地形の陰にひそんでいたり。わたしはキャンプを離れたことがないから、獣に出くわしたこともない。でも夜、ときどきテントのまわりにやってきて、すぐ近くで這ったりうなったりしているのを知っている。

木を狩るハンターたちは、獣にもくわしくて、よく獣の皮を持ち帰ってくる。砂の色をした毛皮で、黒く穴があいているところもある。大きなあごには牙がある。あれでかみちぎったり引き裂いたりするのだろう。

テヴィダが持ってきた棒は、わたしたちの身を守るためなのだ。

「そんなに早く安心しないで」わたしはつぶやいた。「獣はほんとに予測不能なんだから」

それからちょっと言いよどんだ。

「もし……もし長老ばあさまが死んでたら、どうする？」

「死体を見ることはぜったいないって、知ってるでしょ。そのために、年をとるとみんなキャンプから遠いところに行くんだもの。あたりを獣たちがうろついて、匂いをかぎつけて、死体を必ず持っていく」

テヴィダはきっぱり言った。でもわたしは不安にならずにいられない。長老ばあさまが一人で引きこもってから、月がもう二回もめぐっている。これは新記録。ふつうは二、三日でテントが空(から)になるのだから。

しきたりは、こうだ。お年寄りが年をとりすぎて、共同体(コミュニティ)でできることが減ってみんなの負担になってくると、キャンプのみんなを集めて、遠くのテント〈ミュルファ〉に一人で引きこもることを願いでる。するとたいてい受けいれられる。次の日、お年寄りは形見分けをする。自分が持っているものをなにもかもみんなにあげるのだ。そして日がかたむき、太陽が地平線に触(ふ)れて、空が赤くなり、砂漠(さばく)が燃えるように輝(かがや)くと、お年寄りは祈(いの)りをささげる。みんなは長い行列を作って、〈ミュルファ〉まで見送る。それからは、順番に食べものを持っていく。お年寄りが獣(けもの)に運び去られるときまで。そうして空(から)になったテントは、次のお年寄りが来るのを待つ……。

不意に熱風が吹(ふ)きつけて、わたしたちのチュニックがパタパタ音をたてた。

「長老ばあさまには、獣(けもの)たちもおじけづいてるのかも……」わたしはつぶやいた。

テヴィダはちょっと顔をしかめ、笑いをこらえながらわたしを見た。

「サマア、あんたはハンターになりたがったり、本なんて妙(みょう)なものを読みたがったり、ちょっと変わってるってみんな思ってるけど、わたしはあんたが好きだから味方してるのよ。でもこれ以上おかしなことを言うんなら、わたしだって、あんたはちょっと変わってるって思うようになっちゃうからね。長老ばあさまは、誰もおじけづかせたりなんかしないわ。まして獣たちが怖がるわけないでしょ。ばあさまは、木についてわけのわからないことをいつも言ってるけど、それだけ。頑固なのよね。お年寄りにはよくあること」

突風で砂粒が舞いあがって、目に入った。

手さげ袋のなかで、お椀に入れたスープが揺れる。

長老ばあさまは、はるか昔に生まれたので、そのころのことを知っている人は誰もいない。まるでずっとお年寄りだったみたいだ。何世代にもわたって女の人たちのお産を助け、おしみなく世話をし、赤ちゃんたちを救ってきた。わたしをこの世に迎えいれてくれたのも、長老ばあさまだ。わたしは母さんのお腹のなかで逆さまになってしまって、危ないことになりそうだったのを、生まれやすいようにひっくり返してもらったそうだ。母さんから何度もそう聞かされた。だから女の人たちは、みんな長老ばあさまを尊敬している。たとえ、わけのわからない話ばかりを聞かされていても。

だから一人で〈ミュルファ〉に行くと宣言したときには、たくさんの人が泣いた。

けれど男の人たちは、長老ばあさまを敬っていない。まあ、当たりまえ。ハンターたちが必死の思いで切ってきた木を見ては、怒るのだから。「木を切ってはならない。木は尊ばなければ。この乾いた大地に繁栄をもたらすのは、木だけなのだよ」

……とかなんとか。

ハンターたちが、どこにあるかもわからない木を探し、「狩る」ことで、わたしたちは生きている。そうやって狩った木は切られ、〈ボイ〉と呼ばれる商品になって、それを今度は商人たちが、大都会に売りにいく。そして売れたぶんで、水や人工の食料、缶詰や薬、酸素ボンベや布地や糸を買って帰ってくる。こうしてわたしたちは、月が何回かめぐるあいだ、生きのびることができるのだ。

逆にそういう狩りがうまくいかず、一本も木を切りたおせないと、わたしたちはやせていく。胸に骨が浮きあがり、肩がとがってくる。息が苦しくなって、舌が大きくなり、そのうち喉がふさがってしまう。そうして、死ぬ。

わたしは飢饉を三回経験している。

どのときも、ハンターたちはよその部族に先をこされたのだ。長期間の遠征のためには食料もたくさんいるけど、それが尽きてしまうと一度戻ってきて、また出発しなおさなくてはならない。わたしが生まれてから三回、ハンターたちはなんの収穫もなく戻ってきた。すると商人たちも、大都市に売りにいくものがない。結果、水がなくなる。食べものがなくなる。酸素もなくなる。

わたしが生きのびられたのは、母さんが自分の配給のぶんをくれたり、藁布団の下にかくしておいた貴重な酸素ボンベで息をさせてくれたりしたからだ。

父さんのほうは、ハンターたちとすぐまた出発した。そのときの母さんの目を思い出す。母さんの目は、ひもじいといつもより大きくなって、ぞっとさせられるような表情になる。

はじめての飢饉のときは、わたしはまだ小さすぎて、誰が死んだのかもわからなかった。ただ母さんの頬がこけていたことと、自分の舌があごにくっついてしまったのをおぼえている。三回めのときのことは、よくおぼえている。赤ちゃんが二人、子どもが一人、女の人が七人、男の人が二人、〈死者の丘〉で敷きものの上に横たえられた。どの人の唇も紫色になっていて、肌は土気色だった。砂漠の熱すぎる空気で息ができなくなったか、餓死したか、その両方かだった。

その人たちを一人一人、みんなはキャンプから遠く離れた〈死者の丘〉まで運んでいったのだ。わたしも手伝った。わたしが引っぱって運んだ男の子は重かった。その子の足で、砂の上には二本の平行線が引かれつづけた。そして同じような平行線がたくさん〈死者の丘〉までつづいた。

丘に着くと、わたしたちは遺体を敷きものの上に横たえ、この人たちの亡きがらを持っていってくださいと、姿の見えない獣たちにたのんだ。でも思い出は持っていかないでください。これからもその思い出が、わたしたちの身近にあるように。目に見えなくても、わたしたちとともにあるように。

それから三日間、わたしたちは夜になると、輪になって弔いの歌をうたった。そのまんなかに火はなかった。バラ色の火打ち石の蓄えも尽きていたのだ。星空の下の歌声は弱々しくて、闇に吸いこまれ消えていった。母さんは泣いていたけれど、涙が出なかった。わたしは歌いながら、地面でそのまま眠ってしまった。

ハンターたちが帰ってくると、希望がふくらむが、食べたり飲んだりするには商人たちの帰りを待たなければならない。そのあいだにも、〈死者の丘〉に遺体がふえる。ともあれ、ハンターたちはわたしたちが生きていくための、たのみの綱なのだ。

そのときだった。わたしは小石につまずいて、「きゃっ」と小さく声をあげた。テヴィダがにらむ。

「しーっ！」

わたしは落ち着きを取りもどして、足を速める。にらまれても仕方ない。ゆうべ、獣が一匹遠ぼえをしているのが聞こえたのだ。長い遠ぼえで、だんだん甲高くなっていくのが、笑い声みたいだった。

あの獣が、長老ばあさまを運び去った？

テントはもう目の前だ。暑さで息がつまりそうなのに、体がふるえる。

テントの入り口で、わたしたちは足を止めた。わたしは呼吸を整える。テヴィダはつないでいた手を離すと、わたしを見てから背すじをのばし、中へ入っていく。

わたしはしぶしぶついていく。袋を持つ手がこわばっている。

暗がりに目が慣れるのに、すこし時間がかかった。テントの分厚い生地で、外の暑さも入ってこない。おかげで中はすずしい。

ようやく目が慣れてくると、せまい内部のあれこれが形になって見えてくる。まんなかに火をたくところ、夜になったら火をつけるバラ色の火打ち石、敷きものの上には酸素ボンベが二本、サンダルが一足。

そして長老ばあさま。
変わらずそこにいた。
奥で藁布団の上にすわって、サイコロ遊びをしていた。
月が二回めぐるあいだ！　いったいどうやって……？

きっと魔法が使えるんだ――。
テヴィダがわたしを長老ばあさまのほうへ押しやる。わたしは袋からスープを出し、お椀のふたを開けて前に出ると、ばあさまにスープを差しだす。ばあさまは目を上げない。ただなにも言わずに遊びを終える。わたしはよろよろと、もうすこし前に出る。長老ばあさまがこちらを見たとき、わたしは身がすくんだ。ひややかな青い目が、しわだらけの黄ばんだ皮膚のせいで、いっそう青く見える。わたしはふるえ、汗のしずくが流れ落ち、砂地をおおっている敷きものの上でこもった音がした。

長老ばあさまはにっこり笑うと、骨ばった長い指でお椀を受けとった。それから藁布団を軽くたたいた。

となりに来てすわれと言っているのだ。

だからこんなスープなんか持ってきたくなかった。これまでわたしは注意ぶかくこの役目を避けてきたのだけれど、そういつまでもうまくはいかない。ほかの子どもたちはみんな、順番にもうこの役目をはたしてしまった。

テヴィダは敷きものの正面にすわる。わたしは仕方なく、藁布団のところまで行く。そして待つ。

長老ばあさまは、音をたててスープを吸いこむ。汚い。わたしのほうを向いたとき、あごにはスープがしたたり落ちていた。

「いい味だ。お母さんにお礼を言っておくれ、サマア」

わたしの名前をわすれていなかった。長老ばあさまは、部族全員の名前が頭に入っている。

そしてもう一度にっこり笑った。その口のなかにあいているいくつもの黒い穴に、わたしの目はくぎづけになる。いったい歯は何本残っているんだろう？ 聞いてみたかったけど、がまんした。

「べっぴんさんになったね、テヴィダ。砂漠が望むなら、もうじきおまえは夫とかわいい子どもたちに恵まれることだろう」

なんて変てこりんな褒め言葉。テヴィダはうつむいて、身をくねらせる。

「でもハンターはだめだ。あれはみんな大ばか者さ」長老ばあさまがつけ加える。

テヴィダの顔がくもる。ここに来てまだ十分ぐらいしかたっていないのに、もういつもの木の話だ。どうしてこんなにこだわるんだろう？

「ああ、子どもたちよ、おまえたちがもし昔を知っていたら……」

わたしは目でテヴィダをうかがったが、テヴィダは知らんぷりした。裏切り者。いつもいい子なんだから。わたしは、はっきりわかるようにため息をつく。長老ばあさまはつづける。

「昔、木は砂漠の穴などにかくれてはいなかった。めずらしい〈ボイ〉などにされて、大都会の愚か者たちの目の色を変えさせることもなかった。あれではまるで木が、客間を飾ったり、あさはかな金持ちたちの気まぐれにこたえてやったりするものみたいじゃないか！　昔はそうではなかった。木はいたるところに生えていて、堂々と威厳があって、森を作っていた。森は知っている？　知らないね、そりゃそうだ、無理もない。遠い昔になくなってしまったのだから。森というのは、何百本も何千本も木が生えているところで、その幹は太く、木の皮は毒にもなれば、薬にもなる。葉や実は食べられて、栄養になる。森のなかでは木陰ができて、すずしくさわやかだから、いろいろな動物や命が栄える。水が滝からほとばしって、小さな谷には湖ができる」

話はまだまだつづくけれど、わたしはもう聞いていなかった。わたしには響かない話……

「湖ってなんですか、長老ばあさま？」

出た！　いい子できれいで、猫かぶりがじょうずなテヴィダ。うつむいて、ほほえんで……。いらつく！

「湖というのは大きな水の広がりで、とても静かだから、表面に空が映るのだよ。ハンターたちが木を切りに穴のなかへ下りていくと、水の広がりを見つけることもあるが、それは小さな池にすぎない。湖というのはもっともっと大きくて、向こう側が見えないこともよくあってね」

長老ばあさまはまた音をたててスープをすすり、飲みこんだ。しわだらけの喉が動く。見ていたくない。もう帰りたい。でも長老ばあさまのしわだらけの首にぞっとして逃げ帰ったと母さんにわかったら、逆に毎日ここへおつかいに出されるだろう。そんなことになったら、死んだほうがまし。

「木はどうやったら薬になるんですか、長老ばあさま?」

テヴィダはじつにうまく話の流れをつかんで、しなを作る。

「木の皮や葉っぱをかんで、ペースト状にするのさ。それを傷口に貼りつけておくと、痛みが引く。茂みで汁のたっぷりある実を取って食べれば、力がわく。でも死ぬこともある。木々にはいろいろな顔があるのだよ。ああ、でもその表情を読みとることも、わたしらにはもうできなくなってしまった」

わたしは地面に生えている木を見たことがない――切ったものならあるけれど、もちろん――でも茂みなら知っている。砂地に棒がたくさん植わっていて、そこからとげのある細い腕や縮こまった指が何本も出ている。砂漠のところどころにあるから、集団移住のときに見た。集団移住とは、ハンターたちを先頭に部族全体で引っ越しをすること。わたしが生まれてから四回集団移住したのよと、母さんは言っている。その三回めのことを、わたしはおぼえている。はじめて茂みを見たのもそのときだ。

あのころわたしはなにも知らなくて、人はずっと生きているのだと思っていた。父さんに肩ぐるまされて、それまで見たこともなかった遠くを見ていた。太陽の光が照りつけて、スカーフから出ている顔が痛いほどだったし、ハンターたちには、どうやって木を狩るための行き先や、集団移住での落ち着き先がわかるんだろうと不思議だった。そのころからわたしはハンターになりたくてたまらなかったのだ。木をたくさん持ち帰って、拍手と歓声につつまれ、部族みんなに食べものをわたす。それが男の仕事だということを、まだわかっていなかった。

父さんは、小さな丸い実が点々となっている茂みに近づいた。実は濃い緑色をしている。わたしは「下ろして」とたのんだけれど、聞いてもらえなかった。実にさわるなど、もってのほかだと。

「あれは毒なんだよ、サマァ。そもそも茂みはなんの役にも立たない。売ったり彫ったりするには幹が細すぎる」

「『彫る』ってどういうこと?」とわたしは聞いてみたのだけれど、いまだによくわからないでいる。答えは〈ボイ〉に形を与えるということだったけど、どうやったらそんなことができるんだろう? 砂に絵を描けるのは知っている。でも木に? わたしは仕方なく父さんの答えを飲みこんで従った。だって父さんはなんでも知っていて、強くて……

死んだりしない。

四回めの集団移住のとき、わたしはみんなのあとをぼんやり歩いた。自分が歩いているという意識さえなかった。おぼえているのは、食べものはあるのにやせてしまった母さんの姿だけ。その褐色の頰に、涙がしょっちゅう流れていた。父さんのいない、はじめての集団移住――。わたしは母さんと手をつないでいたが、母さんはそれにもほとんど気づいていなかった。だらりとして、生気のない手だった。

ハンターたちは木々を狩るために、大都会のさらに遠くまで行く。時がたてばたつほど、狩りも長引いているということ。お目当ての木々は、めったに見つからないからだ。その木々のために、ハンターたちは砂漠に立ちむかっていく。その木々のせいで、父さんは二度と帰ってこなかった。だから長老ばあさまに、目をうるませながら木々のことを語られても……。

だいいち長老ばあさまは、どうして昔のことを知っているんだろう？　そのころはばあさまだって、まだ生まれていなかったはず。ひいひいおじいちゃんやおばあちゃんのころに、昔の世界はなくなってしまったのだから。長老ばあさまは、ただわたしにおぼえておかせようとして、くどくど同じ話をするんだ！　昔はわたしたちの近くで暮らす動物たちというものがいたなら、どうしていまはもう凶暴な獣とクロルしかいないんだろう？　あちこちには壁が、砂丘の下には奇妙な小山があるばかりなんだろう？　命は尽きてしまったのだと長老ばあさまは言うけれど、それじゃあ木々は？　なぜ木々はまだ残っているの？　わたしたちはそれで生きのびているけれど。

　長老ばあさまが、スープをまたひと口飲んだ。

「砂漠が勝ったんだよ。木々は欲の深い人間どもから身をかくして、地中にもぐったのさ。大都会の人間どもは、自分たちのばかでかい屋敷を飾るのに、木を使いたがるだろう。ああいう屋敷ときたら、わたしら部族全員が入ってしまいそうなでかさじゃないか。でも死んだ木など、なんにもなりはしない。生きていてこそ、木は**命そのもの**。町の人間どもは、それをわかっちゃいない。ハンターたちだって同じこと。愚か者め」

　そのときだ。長く尾を引く合図の音が、砂漠の静けさを破った。

　はっとして、わたしは背すじをのばした。音がふたたび鳴りひびき、キャンプのほうで大歓声があがっている。

　角笛の音だ！　わたしは、はじかれたように立ちあがった。ハンターたちが帰ってきたんだ！

わたしはソラスに会いたくてたまらなかった。彼が出発してから四回も月がめぐったのだ。そのあいだ、なんてさびしかったことだろう！　遊び相手が誰もいなかった。でもソラスにとっては、はじめての狩りで……。

「早く、テヴィダ、行こう！　さようなら、長老ばあさま！」わたしは叫んだ。

そしてふり返りもせずテントから飛びだすと、細かい砂でサンダルがすべるのもかまわず、全速力で走った。

もうハンターたちがいるのだから、帰り道で獣に襲われることもないはずだ。

キャンプに着くと、わたしは体を二つに折って息を整えた。あたりでは、子どもたちが大はしゃぎで声をあげながら駆けまわり、女の人たちは顔を輝かせてだんなさんたちと抱きあっている。お母さんたちは、息子たちにキスしたり、不安そうな顔でまだ自分の息子をさがしていたり……。

帰ってこない人たちもいるからだ。それはたいてい、狩りの途中で獣たちの群れに襲われたから……。

キャンプのまんなかに人だかりができている。そこに切りたおされた大木が、高々と立てられていた。ハンターたちは、さかんに身ぶり手ぶりをしながら大声で話し、今回の狩りの大成功に浮かれている。木々はほかにも、まだ橇に何台分も積まれたままだ。

わたしは、男の人たちの陰にソラスがいないかとさがした。子どもたちのなかに、大人たちといっしょのところに、でもいない、見つからない。

いや、ソラスは帰ってきているはずだ。きっと帰ってきているはず。

喉の奥がきゅっと痛くなってくるのを、わたしは無視しようとした。父さんのときのことがフラッシュバックする。あのときも、わたしは大勢の人たちを一人一人見てさがした。でも、父さんはいなかった。どこにもいなかった。あらゆる方向を見てさがしたけれど、どこにも。そしてカロと目が合ったとき、わかったのだ。不幸が訪れたのだと。

「やあ、サマァ!」

ふり向くと、目の前にとつぜんソラスがいた。これがほんとうにソラスというならだけど。わたしはほっとしたと同時に、ショックを受けていた。ソラスはもう、出発のときに胃がしめつけられるのを感じながら見送った、あのひょろりとぎこちない十四歳の少年ではなくなっている。何センチも背がのび、袖のないチュニックをまとって、肩はがっしりと太く、腕にもたくましい筋肉がついている。褐色の髪で半分かくれている顔も、引きしまった肌になっていて、ぼさぼさにのびた髪が後光みたいに広がっている。でもやんちゃそうに光る黒い目は、前と同じだ。

わたしは口ごもった。

「お、おかえり……えー……げ、元気？」

ソラスは笑い、わたしもつられて笑って、すこし気持ちがやわらいだ。ソラスがマメだらけになった両手を開いてみせる。

「おれ、あの木を切ったんだぜ、サマァ！　おれたち遠くまで、すごく遠くまで、すごくすごく遠くまで行かなきゃならなくてさ！　砂漠は、はてしないし、穴があっても全部空っぽだったし。でもとうとう見つけて……ワーオ！」

話しながら、ソラスはわたしの両肩を揺さぶる。彼の力が伝わってくる。日に焼けたその顔に、大きな笑みが広がった。

「見つけたのはグワルンだ。とてつもなくでかい木だった！　高さもすごくて！　いままでいちばん信じられないものだった！　これで金もいっぱい入るぞ！」

ソラスはもう自分の父親を「父さん」とは言わず、「グワルン」と名前で呼ぶ。ハンターになったら仲間どうしの絆がなによりたいせつで、それは家族の絆より強い。

かつてはわたしの父さんも、夕方から夜にかけて、狩りの仲間たちと長い時間いっしょに過ごしていた。なかでもカロやグワルンと親しかった。三人はいっしょに笑い、トレーニングをしたり木登り練習用のポールに登ったり、砂丘を走ったりしていた。

母さんは、父さんとめったに言い争ったりしなかったけれど、わたしたちよりカロたちと過ごす時間のほうが長いと言って、たまに口喧嘩していた。もちろん、すぐに仲なおりしていたけど。そのあと父さんはわたしの相手をして、文字を教えてくれたり、ポールに登ることも教えてくれたり。

そしてわたしたちが布を織ったり縫ったりしている昼間は、いっしょにいてくれた。それからハンターたちと出かけ、砂漠のあちこちにあるめずらしいものを調べる。風で砂が吹き飛ばされたり流されたりしたときに現れたものだ。

いまではソラスも、そんなハンターたちの一人というわけだ。

よかったよね、とわたしはもちろんうれしく思っているけれど、ちょっと嫉妬も感じて、胸がちくりとする。いや、ちょっとじゃない。すごく、だ。わたしだって木々を狩りにいって、みんなに食べものや水や酸素をあげたい。なのに現実は、歯も抜けてくどくど同じ話をするばあさまにスープを運ぶとか、男の人たちが大都会に持っていく合成繊維を織るとか、そんなことばかり。

いやになる。

わたしの顔がくもったことに、ソラスは気がついたにちがいない。わたしの手を取ると、言った。

「おいで！　狩りの成果を見てみろよ」

ソラスに連れられて、わたしは、男の人たちが〈ボイ〉の状態にした木材を積んでいるところへ行った。はじめに見たのは太い〈ボイ〉で、わたしには持ちあげられないほどの重さだ。それから中ぐらいの〈ボイ〉。橇には茶色くてうすい切れはしのようなものも散らばっていて、指でさわっただけで粉々になってしまう。だからみるみるなくなっていく。これは「葉」というものだと、長老ばあさまが言っていたっけ。

わたしは山積みになっている〈ボイ〉に近づいた。

ソラスが言ったとおり、とてつもなく大きな木だったとわかる。

きっと神聖な木だったにちがいない。ハンターたちは、切りたおす前の様子をよく砂に描いてくれるけれど、実際どんなふうに地面に生えていたのかはとても想像できない。

変わった匂いもする。〈ボイ〉の内部はうすいベージュ色で、繊維がぎっしり詰まっているのだろう。生命力あふれる木だったのだ。

すこし離れたところに、母さんがいるのに気がついた。みんなの喜びの輪に入ろうとしている。がんばって笑顔になって、帰ってきたハンターたちの肩をたたいたり、握手をしたりしている。

　でもあまりうまくいっていない。母さんのことはよくわかっている。ハンターたちが帰ってくるたびに、母さんは顔色が悪くなる。父さんが死んだのはもう一年以上前だけど、いまだに父さんのいないのがつらくてたまらないのだ。あのころに比べれば、すこしましにはなっている。元気を取りもどしているし、明けがたに泣きながら起きてしまうこともない。きちんと食べて、キャンプの女の人たちとともに過ごし、お年寄りたちに手を貸している。

　それでも前とはちがうのが、わたしにはわかる。まるで母さんの瞳のなかから、なにかが奪われてしまったかのよう。父さんとともに、母さんの一部も旅立って、父さんがいるところまで行ってしまったかのよう。

父さんを襲った獣は、カロが討ちとってくれたけど、それでもなにも変わりはしない。

父さんは、もういない。

その獣の皮を、カロが母さんにわたしたとき、母さんはカロの目をまっすぐ見てから後ろを向いてしまった。カロはわたしたちのキャンプで最も敬意をはらわれている人だ。ほかの誰も、そんなふうにカロに接したことはない。でもカロはなにも言わなかった。

ちょうどそのとき、カロがソラスを呼び、ソラスは大急ぎでとんでいった。背が高くてたくましい肩をしたカロ……。

わたしの後ろには、〈完ぺき女子テヴィダ〉が来ていた。むくれている。

「サマアったら、一人で先に行っちゃって……」

「ごめん。みんなが帰ってくるところを、どうしても見たかったから」

テヴィダのお父さんはハンターではない。だからこんな気持ちもわからないだろう。

わたしの意識はテヴィダから離れ、ますます大きくなる「ばんざい！」の声に引かれて、ふり向いてみる。ハンターたちが、巨大な革袋をいくつもころがしている……水が入った革袋だ！　切った木のそばに、天然の水があったのだ！

すごい、信じられない！　これだけ水があれば、ゼリー状の水を買うのはいつもより少なくてすむはずだから、大都会まで徒歩二十日もかけて木々を運んでいく商人たちも、帰りの旅はすこし楽になるだろう。商人たちが、ほんとうにほっとしているのがわかる。それに、あの水はすばらしくおいしいのだ。

飲むと、空の味がする。

わたしは「すみません」と言いながら人々のあいだをすりぬけ、ときどきハグしたりもしながら、人だかりを横切って、母さんのところまで行った。そしてその手を握った。母さんもそっと握りかえしてくれた。

母さんとわたしは、二人でそのまま、帰還を喜びあう人たちを見ていた。

母さんはすばやく手でぬぐったけれど、その目から涙が流れ落ちるのが、わたしには見えた。

「それで、長老ばあさまは？」母さんは、落ち着いた声になって聞いた。

「え……いたよ、もちろん。スープも飲んだ。穴がいっぱいあいた汚い口で！」

「サマァ……長老ばあさまが年をとって汚いって、そう思いたいのなら思いなさい。あなたの父さんも、ばあさまを見くだしてたわ。ほかのハンターたちと同じようにね。それでも、あなたがばあさまのことをそんなふうに言うのを聞くと、悲しくなる」

「だって変な話ばっかりするじゃない！」

母さんは身をかがめて、わたしの耳に口もとを寄せた。

「どうして変だってわかる？」

それから母さんは、口もとを離すように、自分の肩ごしに後ろを見ながらささやいた。

「わたしはね、この世界を信じたいってよく考えるの。どうしてだと思う？」

わたしは首を振った。

「それは、昔あったのなら、ひょっとしてよみがえることもあるかもしれないから……」

わたしはびっくりして母さんを見つめ、言いかえそうとしたが、すぐにこう言われた。

「ソラスは？　さっき話してたでしょ」

わたしは思わず赤くなった。

「ちょっと会っただけだけど、満足してるみたいだった」

母さんはうなずいた。

「別人のようになったわね、この四回の月のめぐりで」

「うん」

ソラスは中央の広場で、商人たちの橇に〈ボイ〉を積んでいる。商人たちは明日、夜明けとともに出発するのだ。〈ボイ〉を積みながら、ソラスはテヴィダとしゃべっている。二人は背の高さが同じぐらい。ソラスは〈ボイ〉を持ちあげるとき、筋肉を見せびらかすようにして腕を動かしている。わたしの思いちがいかもしれないけど。テヴィダが彼に、輝くような笑顔を向ける。王妃のように豊かな、自分の髪にさわりながら。

わたしは目をそむけた。

ソラスはもうわたしとは遊ばないだろう。狩りの話もしてくれないだろう。かわりにテヴィダと話すようになるのだ。テヴィダは完ぺきで、内気で女らしくて、魅力的だから。もう子どもじゃないから。

いつのまにか立ち去った母さんを、わたしは追った。キャンプに広がりつづける歓喜の渦に、背を向けて。


今朝、商人たちが、〈ボイ〉をすべて積みこんだ橇を、重そうに引きながら出発した。

ハンターたちは、伐採してきた木の近くの地面にも、穴があるのを見つけていた。そのときは、見つけた穴の木を切るので手いっぱいだったそうだが、じきにまたもう一つの穴のほうへ向かうのだろう。高く売れる〈ボイ〉をさがしているのは、わたしたちだけではない。ほかの部族たちも砂漠じゅうをさがしまわっている。いまは木を切ったあとの穴がまる見えになっているから、ほかの部族にもう一つの穴を見つけられてしまうのではないかと、カロたちは気が気でないはずだ。

わたしはちょっと迷ったのだけど、どうしてもという気持ちになって、ハンターたちの姿がまばらになったころに駆けだした。

「カロ！」

カロがふり向いた。怖いほど強くてたくましい人だが、やさしいまなざしを向けてくれた。わたしは首を思いきりそらして、大きな彼を見あげた。

「カロ……もし、もしも……またすぐ出発するなら、わたし……」

「だめだ」

カロは息を吸うと身をかがめて、わたしと目線を合わせた。

「女の子はだめだ」

「わたし、身軽だし動きもすばやいよ。ポールに登るのもうまい、って知ってるでしょ」

ほんとにそうなのだ。ポールはキャンプのまんなかにある。大都会からきた材料を切って作られたもので、わたしはまだ小さかったころからポールによじ登っていた。母さんとカロはしぶい顔をしていたけど、父さんが「がんばれ」とはげましてくれた。おかげで、わたしはたいていの男の子よりもうまく登れるようになった。ソラスよりうまい。いや、うまかった。あんなにしっかり筋肉のついたあの腕を思うと、いまはもう自信がない。

「たしかにサマアは、ポールに登るのがすばらしくうまい。でも狩りは危険で、くたくたに疲れるんだ。きっと持ちこたえられまい。それにサマアがいなくなったら、母さんはどうなる？」

わたしはカロをにらみつけた。

「わたしはいいハンターになれる」

「狩りには男のほうが向いている。それにおれは、サマアをしっかり見まもるって、おまえの父さんに約束したんだ。おまえはハンターにはなれない。話はこれで終わりだ」

カロは行ってしまった。

すこし遠くから、テヴィダがわたしを見ていた。そして〈残念ね〉と言いたげに首を振ると、ほっそりしたシルエットはそのままテントのなかに消えた。

わたしはこみ上げてくるくやし涙をこらえながら、自分の布団に突っ伏してしまおうと走りだした。

わたしはなにかに殴りかかりたかった。でも大きな手を二つとも開いてパンチを受けてくれた父さんは、もういない。

「それでパンチしてるつもりか？　え？　だめだな、サマア、なんにも感じないぞ！　ほら、もう一度」

わたしは木にだってパンチできる。腰の斧で木に切りかかることだってできる。そうしたらすっきりするかもしれない。

わたしは目がいいから、きっと木もたくさん見つけられる。

木々は深い穴のなかに、ひっそりと立っている。そしてそういう穴は、はてしない砂漠の地ではとにかく見つけにくい。ハンターたちの狩りが大変なのはそのためだ。穴は近づいてみないとわからない。そして穴を見つけたら、ロープを使って絶壁を下り、木を切りたおし、さらに切りわけ、太いロープで引き上げなくてはならない。危険な肉体労働だ。

ときどきちょっとした贈りもののように、穴に水もあることがある。だからハンターたちは、いつも革袋を持っていく。

そういう水を見つけることも、わたしにはできると思う。そんなに力もいらないし、ハンターたちの手間もはぶけるだろう。わたしだって役に立つはずだ。

なのにどうしてカロは、「だめだ」の一点張りなの?

長老ばあさま――しわくちゃのあのばあさまは、木を切れば水がなくなると言っている。木の足が水を保っているんだとか。足? あーあ、またわけのわからないことを! 手なら、すくって保つこともできるけど、どうやったら足が水を保てるっていうんだろう?

カロは、砂漠は生きていると言う。砂漠は走る。そしてわたしたちはそんな砂漠と競走しているのだ。いまのところ、わたしたちがリードしている。ハンターたちがハードなトレーニングをするのも、そのため。すばやく動けて、スタミナのある体でいるため。

わたしはすばやく動ける。スタミナだって、これからつくはずだ。

わたしたちは木々をさがして、もうじきまたキャンプ地を変えるだろう。ハンターたちのためには、危険な道のりをすこしでも短くしたほうがいいからだ。でも商人たちは、ため息をついている。大都会までの距離がのびてしまうから。

誰もが、がんばらなくてはならない。

わたしは前に一度、大都会に行ったことがある。七歳のときのこと。父さんが一行のなかにわたしを入れたいと言い張ったのだ。母さんは怒った。途中で獣たちに襲われるかもしれない、よそのハンターたちに出くわしてしまうかもしれない、つかまって捕虜にされるかもしれない……。でも結局父さんが勝った。

ソラスもグワルンといっしょに来た。わたしたちは〈ボイ〉が山積みにされた橇に乗って、旅のあいだじゅう、大都会のことを話した――大都会ってどんなところだろうね？　そこの人たちも、わたしたちみたいなのかな？　動物もいるかな？　動物って見たことないけど、見られるかな？　リーダーはどんな人だろう？　きっと強い女の人で、夜空みたいな紺色の長いゆったりした服を着てると思う。自分の考えをゆっくり話して、人の言うことに耳をかたむけるの。縫いものなんかしなくて、戦いを率いる。

ソラスは戦士による体制を思いえがいた――仮面をつけた男たちが鋭い槍で武装して、民を守ったり、大都会と民たちの運命を話しあって決めたりするんだ。

どちらもちがっていた。わたしたちは動物にも、リーダーたちにも会わなかった。いちばん下っぱにさえ。そういう人たちはみんな、タワーの高層階に住んでいたから。

わたしたちに許可されたのは、一般人が通れる地下の町を歩くことだけ。空気がよどんで、ツンとするアンモニア臭とかび臭さと、わびしさのにおいがしていた。わたしが想像したような、夜空みたいな紺色の服を着た女の人がもしそこにいたなら、それはリーダーではなくて、男たちに仕えて満足させる、いわゆる「夜の女」だったことだろう。あとになって、わたしはそう理解した。

大都会は灰色で、砂にできたイボのようだった。巨大なイボだ。上に高くのびているから、大都会全体が遠くからでもよく見える。超高層タワーの数々は太陽の光を反射して、何キロも先まで輝きを放っていた。そして上だけでなく下に、つまり地下にものびていて、白すぎる明かりをのぞけばまっ暗なトンネルが、何百もあった。トンネルでは音がこもったり、壁に反響したり。吐き気をもよおすような、臭くてうす暗い地下の町で、わたしたちは眠った。上に巨大な超高層タワー群がそびえているのを感じながら。長老ばあさまによれば、こうした地下の町は、世界がおかしくなりはじめたときにできたらしい。

あのときの光景は、いまでもわたしの頭によく浮かぶ。母さんのスープを火にかけたときに、ふつふつとわいてくる泡のように。暗い地下道は、わたしを飲みこもうとする怪物たちの口のようだった。それまでわたしのまわりにあったのは、どこを見ても広がっている空の青、はてしない砂漠、無限の広がり、風。風は被害をもたらすことも多いけど。なのに大都会では、わたしは地下深くに埋められてしまったようで、死んでしまうのではないかと怖かった。

わたしは父さんと手をつないで、その手をぎゅっと握っていた。なにもかもが怖かった――音、なめらかで冷たい壁、そこらじゅうにめぐらされている管。人を押しのけながら歩く人々。生気がなく目のまわりにクマのできた顔。玄関口で泣いている小さな女の子。足もとに広がっていた血。空の酸素ボンベが暗い通路に山積みにされ、足もとの鉄格子からは、ひどいにおいの微風がなまあたたかく吐き出されていた。

上の超高層タワー群は荘厳な姿で、空に突き刺さろうとしていた。

大都会の向こうには、砂の上に機械がたくさん立ちならんでいたのを思い出す。機械には大きな手が何本もあって、自力でまわっていた。長い首をしたのもあって、地面をたたいては上がっていき、またたたいていた。

どの光景も、思い出というより夢だったのかもしれない。父さんはあまりにもいろいろな話をしてくれたから、わたしは頭のなかに入ってきたことを自分で作りあげて、それと現実とをごっちゃにしてしまったのかもしれない。

でもはっきりしているのは、大都会が大地を掘っているということ。大都会はとても遠いところで――月が何回もめぐるあいだ歩きつづけてもたどり着けないほど遠い場所で、水を手に入れている。水は吸いあげられ、工場に送られる。そして濃縮され、ビタミンを含むまずい味のゼリーになって、わたしたちの健康を保つものになる。水はほかにも、父さんにも説明できない複雑な工程を経て、酸素に変わり、ボンベに詰められる。

砂漠では酸素が大きな問題となる。お母さんが酸素をじゅうぶん吸えないと、お腹の赤ちゃんは生きられない。もし生まれても、生後何日かで死んでしまう。窒息して。

わたしには、ほんとうは兄弟が何人かいたはずだった。でも砂漠の空気は残酷だ。そのうちの一人も生き残れなかったのだから。

テントのうす明かりのなかで、わたしは新しい毛布を織っている。赤、オレンジ、ーも入れる。

黄色、ワインレッド。ほとんどの糸を暖色にしたけど、そこに美しいターコイズブル

キャンプはいま、やすらぎにつつまれている。おかげでどんな音も大きく響いて、ぼんやりこだまする。静けさのなかで、自分の息づかいが聞こえる。太陽は紺碧の空高くにあって、うだるような暑さだ。子どもたちは昼寝をしている。

織りかけの毛布を前に、わたしはため息をついた。糸をもつれさせてしまったのだ。織ったところをほどかなくてはならない。わたしは思わず舌打ちした。

「集中しなさい、サマァ！」

母さんがほほえんだ。

「そんなふうになるのは、ソラスが帰ってきたから？」

「ちがう！」

「やっぱり、ソラスのせいね」母さんはからかうように言った。

それから真顔に戻って、わたしを見つめた。

「サマァ、ソラスは……なんて言えばいいかしら……」

「……テヴィダのことが好き。ご親切にどうも。知ってるから」

これまで一度もこんなふうに口に出したことはなかったけど、さっき、この目で見てしまった。どうしてもっと前に気がつかなかったんだろう?

だってもっと前は、ソラスは朝起きると一気に朝食を食べて、わたしのところに来ていたのだ。そうして水を配ったり糸巻を作ったり、食事や生活用品の重さをはかって家族ごとに配ったりするのを手伝ってくれた。それからポールのところまで走っていって、てっぺんまで登る競争をした。いつもわたしが勝った。夜は、夕食が終わるとキャンプ地のはずれで待ちあわせて、毛布の上に寝(ね)ころび、ひんやりした砂につつまれて星々をながめた。ハンターは自分がどこにいるのか知るために、星々の位置にくわしくなくてはならない。夜空のなかで動くことのない星「夜の目」は、特に大事だ。

今朝、ソラスは来なかった。テヴィダと並んで歩いていた。ソラスは気づまりなときの癖(くせ)で、髪(かみ)をさかんにさわっていた。そんなソラスを、わたしは思わず平手打ちしたくなった。

彼(かれ)にとって、わたしはもう子ども時代の思い出でしかないのだ。ソラスはちがう誰(だれ)かになってしまった。ハンターになってしまった。

「サマァ！　また糸がもつれてるわよ」

「ごめんなさい……」わたしはつぶやくように言った。

「飽きてきたんなら、ちょっと外へ行ってくれば？」

「ううん、いいの、だいじょうぶ。仕上げちゃいたいから」

わたしはさぐるような母さんの視線を避けて、ふるえる指を落ち着かせた。

布を織ったり、食料を配ったり——そんなことだけの人生は、いや。

わたしは木々を狩りたい。

そうできると証明してみせる。

この三日というもの、ハンターたちは誰もが忙しく立ち働いている。狩りのための遠征は、帰りがいつになるかわからないほど長期間になるらしいけど、結果はとても期待できそうだ。めざす木の位置はすでにわかっているし、巨大な木だということだ。狩りがうまくいけば、商人たちは大量の〈ボイ〉を売ることができるだろう。わたしたちには、何回か月がめぐるあいだもじゅうぶんな食料と日用品と、備蓄が手に入って、妻は夫と、子どもたちはお父さんと、いっしょにいられるだろう。

いつものことだけど、ハンターたちはこないだの狩りのとき、道に目じるしをつけてきた。岩石のかたまりにナイフで傷をつけたり、小石を積みあげたりしてきたのだ。砂漠にはいま、その道すじがきざまれている。それによって新しい道を開拓するチャンスも増えるはず。そして新しい道が見つかれば、見つけた大木に早く、すこしでも楽に、たどり着けるかもしれない。

わたしは食料を積んだ橇も、共同の水筒も、手に入れられない。でもわたしもばかじゃない。ハンターたちが帰ってきてから、遠征に必要なものをすこしずつ準備してきたのだ。カロリー摂取用のバーを六本、ポケットにすべりこませたり、フリーズドライのプロテインを五箱、失敬したり。そして密封できる袋に全部入れて、藁布団の下にかくした。水のゼリーも水筒二本分くすねた。

母さんにはいつも、ソラスと遊んでくると言ったけど、それはうそ。わたしは一人で準備を進めていった。必要なものに目をとめ、頂戴し、したくを整えていく。当のソラスは、テヴィダかハンターたちとぶらぶらしていた。すれちがうと、わたしの頭に手をやって、髪をくしゃくしゃにした。まるでわたしが十歳も年下みたいに。そういうときの、保護者のお兄さんっぽいほほえみが、わたしは大きらい。

すでに織ってあった布からは、持ちものを入れる大きな袋を作った。肩ひもを二本つけて、背負えるようにして。これで動きやすくなる。古い毛布も、寒さから身を守るために、丸めて持っていくことにした。

はじめはハンターたちに見つからないよう、わたしは一行からじゅうぶん離れてついていくのがいいだろう。もし見つかったら、全員がまわれ右をして引きかえすかもしれない。つき添われて戻って、部族全員にニヤニヤながめられるなんて、ぜったいいやだ。

ハンターたちの前に出ていくのは、もう引きかえせないほど遠くまで行ってからにしよう。そしてもし袋のなかの食料が足りなくなっていたら、ハンターたちの頭数に加えてもらおう。わたしはとても小食だから、それで誰も死んだりしないはず。

わたしにはできる。みんなにもそれがわかるだろう。わたしが女の子で、まだ短い髪をしていても。

あとは棒きれを見つけるだけだ。ハンターたちと合流する前に、もし獣たちに出くわしたら、振りまわして風を切ろう。獣たちも、もしお腹がすいていなければ、その音で逃げていくはずだ。

もしお腹がすいていなければ。

わたしはハンターになりたいのだ。この部族ではじめての、女のハンターに。わたしは女性たちの運命を変えるのだ。


ついに、出発の合図が鳴りひびいた。

キャンプ地の全員が外に出て、ハンターたちの旅立ちを見まもっている。中央の広場は人々の話し声や、別れをおしむハグやキスでざわめいている。わたしは母さんに、長老ばあさまにスープを持っていくから用意してと言った。この騒ぎでは、ばあさまのことを考えてる人はいないだろうから、と。

「よく思いついたわね」

母さんは、にっこりした。

そんな母さんを、わたしは裏切っている。見捨てようとしている。自分の運命を切りひらきたいけれど、母さんの顔を見ると心は揺れる。母さんは青ざめ、泣いて、わたしをさがすだろう。たくさんのことに耐えてきた母さんに、わたしがとどめを刺してしまうのか。

でもほかに道はない。

わたしは熱いスープを受けとり、母さんにキスした。何気なくしていようと努力した。でも大きな球が喉をふさいで、うまく息ができない。

「みんなが出発するところを、ほんとに見なくていいの？」

母さんは、〈ミルファア〉に行くわたしに棒きれをわたしてくれながら、念を押した。

やった、棒きれだ。わたしは受けとり、ほっとため息をつきそうになるのをこらえた。

「いいの……見なくて……」

母さんがどう思ったかわからないけれど、とにかくわたしの言ったことを信じてくれた。目のなかにそう書いてあった。

わたしはまわれ右をした。

キャンプ地には、小さいのから巨大なのまで五十ぐらいのテントが立ちならんでいるが、母さんとわたしのテントは暗い色あいの地厚な布でできていて、キャンプ地のはずれにある。母さんが、わたしを見送っている。

わたしは進んでいった。いろいろな形をしている岩のかたまりや、子どもたちが積みあげた小石、わたしたちが空のボンベを糸で数珠つなぎにして、岩から岩へ架けて遊んだときのものなどのあいだを抜けながら。空のボンベは、風でカチャカチャと音をたてている。わたしはふり返って手をあげ、母さんにあいさつした。その先は砂丘の陰になった。もう母さんからわたしは見えない。

わたしは息がはずんできた。がんばって歩いたせいじゃない。心臓は強すぎるぐらい鳴って、足は両方ともふらつく。

背後で人々が呼びかけあい、ハンターたちが大声で笑っているのが聞こえる。わたしをまだキャンプ地に結びつけている細い糸。あそこにソラスもいるんだろう。テヴイダの前で、かっこつけてしゃべっているんだろう。

勝手にすればいい。

わたしは行く。

一人で。

とうとう、さがしていた岩山に着いた。こわれた鍋みたいな形をしているやつ。長老ばあさまのテントまで、あとすこしだ。わたしはスープの袋を砂の上に置いた。砂は朝の低い太陽のおかげで、まだひんやりしている。それからひざまずくと、何日か前の夜に、袋を埋めて積みあげた小石の山をかき分けた。

わたしは掘りつづける。

あの晩、この場所まで来るには勇気が必要だった。何度かあきらめた。でもとうとう外へうまくぬけ出せたのだ。

満月にも助けられた。夜の境界線を押しひろげてくれたみたいだった。でも寒くて歯がガチガチ鳴った。世界全体が闇にしずんでいた。空はふくらんで、いつもより近く思えると同時に遠くて、わたしを非難して見つめる無数の目のように星々がまたたいていた。わたしは銀色に光る闇のなかへすべりこんでいったけれど、獣たちが怖くて、心臓が唇のあたりまでせり上がってきたかのようだった。見張っている目に見つからないよう、体を二つに折って歩いたけど、前方できしむような音がしたときには、これで終わりだと思った。でも体を起こし、呼吸を整えて、耳をすました。なにも聞こえなかった。ただの空想の産物だったのだ。

わたしは汗びっしょりでテントに帰った。母さんは両手を握って眠っていた。その規則的な寝息につつまれるうちに、わたしも眠りに落ちた。最初の関門を乗りこえたことに、ほっとしながら――。

砂がわたしの指のあいだからこぼれ落ち、ようやく袋に手が触れた。そのまま掘り出して、砂をはらう。そして「よいしょ」と背負った。重たい。なにしろ何回も月がめぐるあいだ、生きのびなければならないのだ。ハンターたちは長旅を見こんでいる。すこしこもったような角笛の音が聞こえてきた。ハンターたちが出発したのだ。わたしは砂丘をのぼって、〈ミュルファ〉に向かった。長老ばあさまを、食事なしでまる一日放っておくことはできない。食事を届けたら、そのあとテントをぐるりとまわって砂丘の端までよじのぼり、ハンターたちが通った跡をつけていくつもりだ。足音をしのばせてテントに近づくと、わたしは入り口にスープを置いた。中はしんと静まりかえっている。ほんとうは、ばあさまがそこにちゃんといるのを確かめるべきなんだろう。でも確かめて、もし中にいたら、ちょっとお入りと言われて貴重な時間を失ってしまう。わたしは足早に立ち去った。

高台に着くと、遠くにキャンプ地が見えた。母さんはもうわたしを見送っておらず、ほかの人たちといっしょにいるにちがいない。いまは、長老ばあさまがわたしに何時間も話をするだろうと考えているはずだ。

わたしはできるだけ軽い息づかいでさらに砂丘をのぼりつづけ、砂丘のいちばん高いところに着いた。そして岩のかたまりの陰にうずくまると、下のほうにハンターたちの一行が現れるのを待った。

長い時間、待った。

来た！　ハンターたちのシルエットだ。一行は、砂漠の黄土色のなかを進んでくる。ソラスが、カロが、グワルンが見えて、通りすぎていき、小さくなっていった。低い石塀のむこうをまわって、消えた。だが一行は砂をわずかにくぼませて、足跡を残した。

それがわたしの道になる。

「おまえは勇敢だ」

わたしは飛びあがった。長老ばあさまのざらりとした声だった。

「意志も強い」

わたしはゆっくりふり向いた。長老ばあさまが、氷のように青い目をわたしに向けて、こちらを見おろしている。

「おまえにはその力がある。わたしにできなかったことも、おまえにはできるだろう」

わたしはまた砂漠のほうを向いた。

ばあさまはなにを言ってるんだろう?

「あの男たちが木を殺すのを、やめさせなさい、サマァ」

もういい。わたしは立ちあがると、自分の目的に——ハンターたちが向かった方向に気持ちを集中させて、歩きだした。背負った袋が重い。

わたしの食料が入っているのだ。

わたしの旅なのだ。

「未来は木とともにしかないのだよ、サマァ!」後ろから、長老ばあさまのせつなげな声が追いかけてくる。

わたしは足を速める。

あのしわくちゃな口ごと、ばあさまを早く獣たちが連れ去ってくれますように。

こんなに歩いたことはなかった。汗で靴底がすべり、足は虫刺されで水ぶくれだらけ。わたしはうつむいて砂の上に目を光らせながら進んでいく。暑さでうなじが焼けつくようだ。

手がかりは岩につけられたナイフの跡と、ハンターたちが積んでいった小石の山。

急いでいるが、わたしは思いどおりに進めていない。

たしかにハンターたちのスタミナはすごい。足も速い。カロに言われたことが、いまはよくわかる。ハンターたちとわたしの距離はどんどん開いている。

最初の日には、みんなの声が聞こえていた。

それから、かすかな風に乗って切れぎれの声が聞こえてくるだけになった。

いまはもうなにも聞こえない。

わたしは大声で呼んでみた。
声は届かなかった。

闇が世界をおおった。でも歩きつづける以外、選択肢はない。月は欠けているけれど、それでも行く手を照らしてくれる。夜の砂漠は灰色で冷えびえとしている。いまごろハンターたちは眠っているのだろう。でもわたしは歩く。開いてしまった距離をちぢめて、追いつくのだ。

わたしは歩く、歩く、なにも考えずに。頭のなかは干上がっている。重くなってくるまぶたと闘いながら、ひたすら歩きつづける。

足がふらついてくると、わたしは小石を集めて、岩を背にした小さな囲いを作った。そして食事はとらずにそこで休んだ。棒きれを離さず、袋を抱きしめて。がんばりつづけた長い一日で、頭がぼうっとして、わたしはあっというまに眠りに落ちた。

空に太陽がのぼった。のぼってわたしを襲い、目をしばたたかせる。光があたり一面を占拠して、上から殴りつけ、内からも熱して体をむくませる。

お腹がすいた。でもそれより喉がかわいた。すごくかわいているのだけど、水ゼリーは節約しておく。舌は腫れ、ひび割れた唇から血が出る。

寝ているあいだに、髪はもつれて砂だらけだ。でもとかしているひまはない。それで頭と顔の半分を守るスカーフを、ただ巻きなおした。スカーフは、夜は首に巻いていた。おかげであたたかかった。持ってきた荷物は、どれもなくてはならないものだった。もしスカーフがなかったら、わたしは太陽に撃ちぬかれて倒れていただろう。

目に埃が入って、思わずこする。とたんに指が黒くなる。毎朝目の下に塗る黒い軟膏のせいだ。これで刺すような太陽の痛みがやわらぐ。わたしの朝のルーティン。もとの生活との、最後のささやかなつながり。いまの混とんのなかでの、取るにたりない習慣。目が血走る。

ざらざらした砂丘の斜面を、わたしはよじのぼる。足もとで砂まじりの小石が、かわいた音をたてる。太ももふくらはぎも痛い。でもぜったい後ろは見ない。前へ、前へ、進むほうへ、どんなにつらくても、あきらめるな。わたしはハンターたちに追いつくんだ。

わたしはハンターになるんだ。

油断ならない小石が一つ、わたしの足を踏みはずさせて、わたしは足首をひねった。わたしは立ちどまる。のぼるリズムがくずれる。でもまた取りもどす。一歩一歩、さらに一歩。かかと、足の裏、足の指。一瞬身をかがめて痛む足首をマッサージし、またのぼる。

そうしてとうとう砂丘の頂上に着いた。この高さからだと、はてしない広がりをさえぎるものもない。わたしはハンターたちが通った跡をさがしたが、それは砂の上でまばらになって、地平線で消えていた。もちろん姿も見えない。

わたしは深く息を吸うと、反対側の斜面を下りはじめたのだけど、小石のせいでなかばころがるような格好になって、そのうち走らなくてはならなくなった。

わたしはハンターたちをさがす狩りをしている。

彼らが通った跡を見つけようと石にさわり、星々の下で迷子になりながら、ついていこうとしている。ハンターたちは「北」と言っていた。北に向かって進んでいるのだ。

ならば、わたしも北へ。水ぶくれもやけども筋肉痛も、関係ない。

わたしは自分の夢を追いかけている。

ハンターたちの跡が消えた。

なにもなくなった。

砂が小石だらけの地面に変わったのだ。これでは足跡も残らない。わたしは岩を見つけるたびにナイフの傷をさがしたが、ジグザグに行ったり来たりして、時間をむだにしただけだった。

太陽は空高くにある。わたしは平らな石の上にすわった。そして水筒をつかむと持ちあげて、ゼリー状のしずくを口のなかに落とした。しずくは舌の上で液体になって、わたしは飲みこんだ。まずいけど、とにかく元気が出る。

わたしはあたりの静けさに耳をすました。静けさには慣れていない。キャンプ地ではどこもかしこも音であふれていた。テントにいれば外は見えないし、見られることもないけれど、音や気配は入ってくる。喧嘩、とつぜんの大声、笑い声、やさしく触れあいながらの声、重い息づかい、いびき、声をひそめての話しあい。テントの布地から、プライバシーがしみこんでくる。

父さんがいたころ、わたしは眠りに落ちる瞬間が好きだった。父さんと母さんは藁布団の上で、おたがいの秘密や考えをささやくように小声で話していて、その声が音楽のようだった。グワルンの吹く笛のような。話は家族のこと、絆のこと——それが永遠につづく子守歌のようだった。

夜、母さんがささやくことはもうない。

声も物音も、近所のテントから入ってくる。

でもここは想像を絶する静けさだ。

いや、ちがう。そのうちに聞こえてきた。かすかな風が、岩のあいだでとぎれることなく歌っているのが。岩にぶつかり、岩をみがくようにしながら。そしてわたしがほんのすこしでも動くと、いくつもの石がこすれ合って空気を揺らす。

ここでわたしは、世界をこすり合わせるただ一人の生きものなのだ。

まわりは砂と石ばかり。

声の届くところにも、目の届くところにも、人間は誰一人いない。

自分が世界をこすり合わせるただ一人の生きものなのだと思うと、頭がくらくらしてくる。

水ゼリーを、もう一滴。

プロテインバーも出して、かじる。力が戻ってくる。

わたしは砂漠を知っているつもりだったけど、こんなに複雑だとは思わなかった。

黄土色、赤、オレンジ、すこし青ざめることもあれば深みを感じさせることもあって、太陽に輝き、夜にはその輝きが消える。低く、高く、ときにはまっすぐ平らで、砂ばかりでなく小石が広がっていることもあって、その起伏から大きな丘ができ、かと思うと二つに割れて、長い裂け目が現れるが、それもまたすこしずつ重なって、傷口のように閉じる。

わたしの世界は広がった。それは誇りに思っていいはずだ。

わたしは頭と首にスカーフを巻きつけなおすと、端を前に垂らした。陽がしずんだら、また歩きだそう。

引きかえしはしない。

わたしはハンターになるんだ。

身を切るような寒さで、わたしは夜中に目をさました。手足がかじかんでいる。毛布から顔を出し、自分の上に積もった砂を払いのける。見わたすかぎりの夜空。

不意に母さんの姿が浮かんだ。それも払いのけようとする。毎朝、母さんはわたしの心のドアをそっとノックしにくる。日中は歩くのに必死で、考えずにいられるのだけど。母さんは一人娘を失った。意地っぱりの娘だったけど、悲しみや不安を分かちあえる人が、いまの母さんには誰もいない。

息切れがする。そこらじゅうで星々がはじけるように輝いている。わたしは手のひらサイズの酸素ボンベを取り出すと、背負い袋の底のほうにあった管をつかんでボンべの穴に取りつけ、栓をゆるめて何度も深く吸いこんだ。胸の苦しさがやわらいで、目の前に広がっていた白い光も消える。もうひと吸い、最後におまけで吸いこむと、すばやく栓を締めた。そしてまた背負い袋にしまうと、頭のスカーフを巻きなおして、朝食のプロテインバーをかじった。飲みこむ前に、香りや味をよく味わおうとしながら。

右のほうで物音がしたのは、硬くて粘りけのあるプロテインバーをいっしょうけんめいかもうとしていたときだった。ほんのちょっとした、どうってことない物音だったけど、わたしは凍りついた。口を閉じ、かみかけていたあごもそこで止まった。

なんの音かわからなかったけれど、目の端に動くものが見えた。小石が地面を跳ねたみたいに。わたしはすこしだけ体をひねった。ほんとうにゆっくりと。自分でも動いていないんじゃないかという気がするぐらい。小石がさかんに動き、すべって止まり、また動く。わたしはさらにもうすこし、顔だけ動かした。今度は小石が動かない。わたしは近づいてみる。

　そして息をのんだ。

　これは……「動物」だ！　獣じゃなくて！　話に聞いていた獣とはぜんぜんちがう。クロルでもない。クロルならもっと長くてくねくね動きまわる。でも目の前のは跳ねている。クロルなら毛がなくて、うろこで光っているはず。わたしはクロルが心底きらい。砂の上でうねるあのいやらしい姿を見ると、吐き気がする。

　一度見たことがあるのだ。キャンプ地に一匹入ってきた。ふつうは近づいてこないのに。かまれると人間は痙攣して泡を吹き、数秒で死ぬ。わたしと同い年の男の子がかまれたことがあって、その子が硬直し、引きつるのを見てしまったことがある。あまりに恐ろしくて、わたしはショックを受けた。その三日前にハンターたちが狩りから帰ってきていたけど、みんな逃げまわり、叫び、その子のお母さんはずっと泣いていた。ハンターたちは棒きれでクロルをテントのなかに追いこんだ。クロルはすばやい。でもカロはもっとすばやい。長い棒きれで、クロルの背中をたたきつぶした。

でもそのあともまだ、クロルにさわってはならないと言われた。牙には毒が残っているからだ。ハンターたちがクロルの遺骸をキャンプ地の近くに埋めにいった。そして男の子のお通夜がいとなまれた。

それから長いあいだ、わたしは悪夢を見た。クロルから守ってくれる父さんが、もういないころだった。

でもいまわたしに近づいてきた動物は、クロルとはまるでちがう。

本物の「動物」！

小さくて砂の色をしていて、長いしっぽの先がふさふさしている。バラ色の耳はぴくぴく動き、ふさふさした体も同じように動悸を打っている。こんな生きものを見るのは、生まれてはじめて。酸素ボンベもなしで、どうやって息をしているんだろう？たしか父さんが、動物には特別な肺があるって言っていた。この子もそうなのかな。

動物は鼻をさかんに動かして、ふんふん息をしている。そしてさっと顔を動かしてわたしを観察すると、ベージュ色の足で跳ね、地面をひっかいて頭をそこに突っこんだ。と思ったら、すぐまた顔を上げる。そして同じことをもう一度。わたしはその子にさわってみたくてたまらなかった。ふわふわして、とってもやわらかそう！

でも、いつのまにかわたしの片方の足がつっていたのだ。痛くてなんとか足をのばそうとしたとたん、その子は目にもとまらぬ速さで逃げていった。

とたんに、わたしは怖くなった。

ここでわたしがただ一人だなんて、錯覚だったのだ。あんなによく動く生きものがここにいて、どこからともなく出てくるなら、ほかにもいろいろなのがいるはずだ。たぶん、すごく近くに。もっとずっと大きいのも。

危険なのも。

わたしは食料を袋にしまい、目の下に黒い軟膏を塗って荷物をまとめると、即席の宿をあとにして、はるかにつづくなだらかな坂を駆けおりていった。

出発してから二十三日が過ぎた。わたしは歩きつづけている。

もう、どこにいるのかわからない。

どこに向かっているかもわからない。

どの時点だったのかわからないけれど、わたしはルートをはずれてしまった。岩にきざまれているはずの目じるしが見つからないのだ。たまになにかのしるしがあっても、さがしている形（十字架の横に矢じるし三つ）とはちがって、つながっていかない。ずっと昔の道すじの跡か、ほかの部族のしるし？　なにもわからない。


わたしは砂漠に飲みこまれた。


なにかたしかなものを取りもどさなくては。わたしは迷子になっていた。

それでおととい、まわれ右をして引きかえそうと決めたのだ。

岩の陰で休み、元気を取りもどすと、太陽がしずんでから空を観察した。

方角は合っている。なので星々をよく見て北の星に背を向けると、ルートに戻ったと確信できるところまで行こうと引きかえしはじめた。そして二晩歩いた。

結果、さらに迷子になってしまった。

目の前に赤黒い平原が広がっているのが、その証拠。一度も足を踏みいれたことのない場所だ。ここでは砂が粗くて皮膚にすり傷ができ、靴底もいたんでいく。

わたしは星をたよりにするのもあきらめた。

とにかく目じるしを、正しいルートに戻してくれる手がかりをさがすうちに、時間ばかりが過ぎて、斜めに進み、方向を変え、三時間歩いてまた方向を変えてみる。だめだ、同じところをぐるぐるまわっているだけ。

母さんはいまごろどうしているだろう？　もうあきらめてる？　わたしがハンターたちのあとをついていったって、わかってる？

もちろん、わかってる。

母さんは、長老ばあさまに会いにいったにちがいない。

そしてテヴィダは、マントの陰で笑うのだ。わたしが汚れに汚れて迷子になって、唇にはかさぶたができ、着ているものは埃まみれだと知ったら！　大きな目におっとりしたしぐさ、完ぺきなスタイルで、わたしが叱られるようなことをするといつもやるみたいに、自信たっぷりで頭を振る。で、豊かなロングヘアに手をやってから、残念そうなほほえみをかすかに浮かべ、母さんの腕をそっとたたいて言う。

「ここにいなきゃだめよって、わたしは言ったんですけど」

それからテヴィダは自分の夢の世界に戻る。ソラスとの結婚式、そのとき着るドレス、天幕、キャンプ全体で朝までつづくダンス……。

ストップ。

気がおかしくなる。

テヴィダはどうでもいい。

いま大切なのは、一つだけ。進むこと。

帰ること。

もうそれしかない。

そして信じること。

なにを?

わたしを倒れずにいさせてくれるものすべてを。

しばらく前から、右手の地平線をふさいでいる小高いところに向かって、わたしは歩いている。そしてそこにのぼろうと決めた。のぼったらあたりがよく見えるだろうし、通ってきた岩山か砂丘が見つかるかもしれない。

背負い袋の持ち手が両肩に食いこんでくる。重くなってきたみたい。毎日、中身は減っているのに。でもわたしが持ちこたえられるだけのものは、まだじゅうぶんある。ちゃんと準備してきたのだ。

棒きれを杖のかわりにしたいのだけど、うまく使えない。すべってまた足首をひねり、バランスをくずして横すべりした。立ちあがると、膝には赤いしみが広がり、砂粒も混じっている。わたしは砂粒を手ではらうと、またのぼっていく。息が切れてくる。

ひと休みして、酸素を吸わなければ。

汗だくになり、背中をあざだらけにして、わたしは頂上に着いた。埃まみれのスカーフを取って振り、額の汗を拭く。そして大きな丸石が集まった上にすわると、宙を見つめた。

空と地面が触れあっているはるか遠くで、空気が赤く揺れ動いている。

呼吸が速くなってくる。

砂嵐だ。

まるで山が生まれようとしてるみたい。巨大な生きものが突進してくるみたい。血の色の炎みたい。

砂を荒れ狂わせる大風が恐ろしい。

このままなにもしなければ、巻きこまれて息ができなくなって、わたしは死ぬ。

急げ！　まわりに散らばっている大きな丸い石だけが、身を守るのに使えるものだ。

わたしは大急ぎで一つの石の下にもぐりこみ、背負い袋を地面に投げる。プロテインバーが散らばったけど、あとで拾えばいい。わたしは石に体重をかけてころがそうとするが、表面がなめらかすぎて手がすべる。わたしの頭の二倍ぐらいの大きさしかないのに、重くてびくともしない。なんとか動かそうと、わたしは体を突っぱって力を入れる。

砂嵐が怒り狂いながら駆けまわっている。

なんとしても石の壁を作って、避難しなくては。わたしは自分をはげますように大声を出して、さらに踏んばる。

石がわずかに揺れた。わたしは勢いづく。そしてとうとう、石がもう一つの石のところまで動いた。小石がバラバラと落ちていった。

砂嵐はもう、すぐそこまで来ている。

わたしはかがみこむと、あたりの石を一つ一つころがして大ざっぱな列にする。それからもうすこし小さい石を積みあげて、すきまを埋め、低い石壁を作りあげた。つづいて背負い袋のなかをさぐり、毛布を取り出してすっぽり身をくるむ。

袋は背負った。たとえわたしが砂におおわれてしまうとしても、これだけはなくすわけにいかない。プロテインバーも拾い集めたいけど、いますぐでなくてもいい。砂に埋もれてなくなってしまわないかぎり。

指がふるえる。いや、全身がふるえている。パニックが襲ってくる。やまない風のうなりとともに。

わたしは袋を背中からおろして手に取ると、酸素ボンベを出した。

ほかにどうしようもなくて、わたしは棒きれを二つに折る。

砂嵐が向かってくる。

そのうなり声が聞こえる。

わたしは丸い石にもたれてすわり、毛布を頭からかぶって楽に酸素を吸えるようにしたが、そのとき、嵐とは別のうなり声が聞こえて凍りついた。

心臓が口から飛び出てしまったようだった。

今度は夢ではない。

わたしは立ちあがると、一気に毛布を引きはがした。

獣が一匹、歩いてくる。二十メートルぐらいのところを。砂嵐のうなりのなかでさえ、その鉤爪が砂に食いこむ音が聞こえる。

仲間がいないか、わたしは見まわす。獣は群れで行動することが多いから。でもいまは一匹だけだ。

一匹だけど、大きい。いったい何十キロあるんだろう。

わたしは獣から目を離さないようにしながら、棒きれに手をのばし、半分に折ってしまったのを思い出す。そしてゆっくり立ちあがる。

獣は腹をすかせているようだ。わたしの腕ぐらい長いあばら骨が、黒い斑点のあるベージュの皮膚からすけて見える。瘤もある。背骨が背中の高いところに突き出ているのだ。毛のはえた耳はわたしに向かってピンと立ち、頭は前に落として、下からわ

たしを見すえている。黒い目だ。まっ黒。白目の部分がまるでない。半開きの口からは赤みがかった舌が垂れ、歯も見える。黄色い歯、いや巨大な牙だ。

絶体絶命。

獣は足をゆるめると、止まった。

わたしとの距離は三メートルほど。

汗ばむ手のなかで短い棒きれがすべる。わたしはぎゅっと握りなおす。

そして棒きれを高く掲げて、うなりをあげている風をさらに切る。

「あっち行け！　**行け！**」

獣は動かない。

わたしの頭上に砂けむりが上がり、棒きれは空を打ちつづけ、その動きでわたしはいつのまにか前に出ている。

砂が踊り、跳ね、吹き荒れ、不規則な螺旋を描き、走り、あたりを不透明にして空から青を消す。

わたしは集中する。

獣は身をかがめる。

わたしは深く息を吸って、棒きれを振りまわす。

獣が飛びのく。

一瞬の間。獣のジャンプ力は驚くばかりだ。わたしはしっかり身がまえる。獣はすこしずつ、すこしずつ体をのばして、大きな口が近づいてくる。目はわたしを見すえたままだ。わたしはさっと横に飛びのき、小さな棒きれを力のかぎり打ち下ろす。獣の頬に当たった。鋭い鳴き声が空気を引き裂く。

と、砂が豪雨のように降ってきて、あたりがまっ暗になった。

とてつもない嵐だ。

砂に顔を打たれ、痛くてなにも見えなくなって、わたしはうなりをあげる闇に飲みこまれた。獣が吠えた。嵐のなかでも響きわたる強烈な吠え声だ。立ちあがってわたしの匂いを嗅ぎつけようとしているにちがいない。わたしは風がうなるどまんなかに、やつをおびき入れようとするが、できない。恐怖で足がふるえるのだ。仕方ない、わたしは獣に背中を向けると走りだした。全力で、まっすぐ。

だが小石で横すべりしてころげ落ちた。立ちあがる。また走りだす。

吠え声が追ってくる。

突風で砂が両目に入る。鼻の穴にも入って一瞬息ができなくなる。でもなんとかだいじょうぶ。

わたしは父さんみたいに死にたくない。

地面がいきなり傾き、それでも足は動きつづけ、わたしは砂に打たれながら暗い丘を駆けおりる。背負い袋が背中ではずみつづける。

わたしは両腕を広げて、体のバランスを失うまいとする。

どこを走っているのかわからないけど、とにかく進んで、荒い息で追ってくる獣から逃げきらなくては。獣も走っている。荒れ狂う風のうなりのただなかで、あえいでいる。

わたしは岩にぶつかり、急斜面をかかとですべりおりて両手のひらをすりむいたが、跳ねあがって立ちあがると、ラストスパートのつもりで力を振りしぼった。

ごうごうというううなりがやまず、不透明にしか物も見えないなか、わたしは全身に力を入れてスピードを上げながら、自分の足音を聞いていた。足音は言っていた——

がんばれ、サマア、がんばれ、砂嵐はおまえの味方だ！

走りながら、硬い砂をかかとで踏みしめたと思ったとたん、その砂がくずれた。わたしはそのまま思いきり投げ出された。衝撃でしゃっくりが出る。ぎゅっと目をつぶって、このあときっとくる衝突に備えようとしたのだけど、急に下も上もない世界になってしまったみたいにどこにもぶつからず、あたりはスローモーションになって、こう思うことさえできた——もう二度と母さんに会えない、ソラスにも会えない、糸をより分けることもない、わたしは死ぬんだ、体を丸めて頭を守らなきゃ、**もうじきぶつかる。**

強烈だった。

わたしは落ちながら石の上ではずみ、肩を打ち、皮膚を切り、次の岩に容赦なく背中からたたきつけられてまだ落ち、朦朧となりながらもなんとか落下を止めようとするのだけど、指は石をつかめず、お腹には次々すり傷ができ、どうしようもなくぐるぐる回転しながら両手で頭を守りつづけたまま、いつまでも落ちつづける。

そして片方の足だけがどこかに着いて、半回転し、足首が二つに裂けたかと思ったところで、ようやく止まった。ふるえながら。

地面の上だ。

わたしは死んでいない。

でも獣が来る。そしてあの鋭い牙でわたしの腕か足にかみつき、それでわたしは終わるのだ。

荒い息のまま、わたしは身がまえた。

獣は現れない。

上からただ恨めしそうなうめき声が聞こえてくる！

わたしは咳ばらいしたかった。砂粒が口にも喉にも鼻にも入っているし、あちこちに激痛が走る。

でも身うごきしなかった。

ここはなにかがおかしい。砂嵐も爪あとを残せなかったみたいで、砂が少ない。

獣はどうしてる？

底知れないこの穴に、飛びこむ気はないらしい！

相当な高さだ。飛びこむのは危険だし、獣でもけがをするかもしれない。

とはいえ、やつは腹ぺこなのだ。飛びこんでくるかもしれない。

わたしは死んだふりをする。

うなり声が小さくなったかと思うと、また戻（もど）ってくる。そして遠ざかる。

死んだふり続行。

奇妙（きみょう）にひんやりした地面にうずくまったまま、わたしはあちこちの痛みをこらえようと唇（くちびる）をかむ。心臓が足首で打ち、肩甲骨（けんこうこつ）が肩（かた）いっぱいに広がっていくみたいだ。

一打ずつ短剣（たんけん）で刺（さ）されているような、まっ白になるまで熱した薪（まき）で殴（なぐ）られているような痛み。

砂漠（さばく）も嵐（あらし）に打たれつづけているが、どうやらその嵐（あらし）は遠ざかっていったらしい。

砂嵐（すなあらし）のうなりがおさまってくる。

静けさが戻（もど）ってくる。

わたしはずっと目をつぶっている。


ふと気づくと、まわりから奇妙（きみょう）なささやきが聞こえる。知らない言語のひそひそ声。

誰（だれ）？

わたしは口をゆすいで鼻をかみたかったが、ささやきがやまないので、じっとしている。

だいぶたって、頭をおおっていた腕の下から顔を出してみようと決心した。すこし体を動かすだけで痛みが走るけれど、なんとか上半身を起こして周囲を見まわす。

空に青さが戻っている。

ゆっくり顔を動かすにつれ、地面の砂粒がきしんだ音をたてる。わたしは首をのばしてみる。

わたしは……巨大な穴の底にいた。ベージュの岩壁が、深鍋の内側のようにカーブしている。わたしは穴の縁を見あげてみたが、何メートルか先の上のほうはまぶしくて、よく見えない。

獣の気配は消えている。

わたしは横たわったまま、さらに体を起こそうとしたが、そのとたん肩がボキッと鳴った。顔がゆがむ。ひどい痛み。でもすぐにおさまった。はずれていた肩が元に戻ったのかもしれない。

わたしはほっとため息をつく。

それから、片ひじをついて足首の様子を見ようとしたのだけれど、不意に、なにかとてつもなく大きな存在を感じた。

とてつもなく大きなものだ――。

恐怖に襲われて、わたしはまた体を丸める。

あんなに大きいのは……怪物？　襲ってくる？

でも、もしわたしを襲うのなら、もうそうしているはず。それともわたしに気づいていないだけ？　わたしは集中して怪物に意識を向ける。なんと！　ささやいていたのはその怪物だったのだ。

近くで動いているものはほかにないので、わたしは思いきってその怪物をまたうかがってみる。頭は大量の小旗でおおわれていて、それがはためいている。あれは動物ではないんだろうか？

それにどうして近づいてこないんだろう？

上で突風が吹いた。嵐のあとの風だ。赤い砂がすこし吹きこんできて、汗で湿ったわたしの髪にも、怪物の頭の小旗……いや、その頭にしがみついている小さい動物みたいなものにも吹きつける。その一匹が、怪物の頭から離れた。「助けて」と言うみたいに空中でくるくる舞ったけれど、どうしようもなく、わたしの左足首に落ちてきた。けがをしているにちがいない足首だ。

落ちてきた動物は動かなくなった。死んだんだろうか。

わたしは手をのばし、ためらい、結局手に取って、観察した。

それから一人で笑いだした。

なんて間抜けだったんだろう！

痛みにも、この状況にもかかわらず、わたしは笑った。大声は出さずに。あの獣が気を変えて、戻ってきたりしないように。

小さな動物だと思ったその物体を、わたしは親指と人さし指でころがしながら見つめた。この形には、見おぼえがある！

動物なんかじゃない！

これは葉っぱだ！

それに怪物だなんて！　あははは！

これは木だ！

そう、木、本物の、誰の助けも借りずにわたしが見つけた木！　自分がこんなに鈍いなんて、この頭を一発殴ってやらなくちゃ。わたしは穴の底にいるんだ！
それにわたしの木は倒れていない。横たわっていない。生まれてはじめてわたしの前にあって、**立っている！**

土のなか深くまでのびているその足は揺るぎなく、何百本もの腕は空をつかもうとしている。

部族のみんなは、わたしをどんなに誇らしく思ってくれるだろう！

それにソラス！　嫉妬して地団太踏むだろうな！

わたしはさらにその木を観察してみる。

胴体はとてつもない大きさ。頭には巨大な冠。きっと重たいだろう、あの冠は。でも豊かな髪がそれだけで生きているみたいに、歌ったり、踊ったり。髪は数えきれないほどの小さい緑の葉からできていて、何本もの手を差しのべているみたいでもある。その手という手に、風でふるえる指がたくさん。

色は、わたしの足首でみるみる腫れていく部分とほぼ同じ、青緑。足首をちょっとさわってみたら、ナイフを突きたてられたみたいに痛い。でも足の指は動かせる。だからきっと大したことはない。

穴は広々して、丸くはないようだ。広さはキャンプ地の半分ぐらいもあるだろうか。周囲の岩壁はなめらかで、深さはだいたい十メートルぐらい。

わたしはまた立とうとしたが、前のめりにころんだ。足首が耐えられないほど痛い。痛くて、足が言うことをきかない。わたしはもう一度すわる。

でもいつまでもここで、砂の上にすわっているわけにはいかない！　だいいち、もろに陽を浴びているというのに、スカーフは何メートルも先に落ちている。

木の足もとには大きな影が広がっている。

わたしは、落ちていた自分のサンダルを拾った。もうぼろぼろだ。

それから歯を食いしばり、チュニックを引っぱって気合いを入れると、木まで這っていくことにした。けがをしたところが細かい砂粒でこすられる。砂粒がびっしりつく。それでもすこしずつ、焼けるような砂の上をすべっていく。

そうしてとうとう、冠の影のなかに入ることができた。頬から火が出そうだったのも、しずまった。そこからあとちょっと這うと、完全に影におおわれた。わたしは目を閉じた。もし涙が残っていたなら、うれしくて泣いただろう。こんなに痛くても。

でも涙も出ないほど、わたしはかわききっている。

あともうひとがんばりしなくては。

さあ。

わたしはむき出しの手のひらをついて、体を起こした。そして膝をつき、ふらつきながら木に近づくと、そっと木の胴体に手を置いた。

木の皮膚は厚く、ごつごつしていた。いや、木にはたしか皮膚はない。長老ばあさまはほかの言葉を使っていたけど、なんだっけ。

いやだ、ここで長老ばあさまを思い出すなんて！

もしわたしがハンターなら、この木を打ちたおしてばあさまのところへ持っていくだろう。そしてばあさまはまちがっていると証明してみせる。木々の役目はただ一つ、わたしたちを生かすために売られることなのだ。

この木の胴体はとても太くて、わたしが両腕を広げて抱きしめようとしても、全体どころか半分にも腕が届かない。

そしてほのかにあたたかい。

わたしは腕を離すと、背負い袋をおろして木の胴体にもたれた。

この木は頑丈で揺るぎない。強い。岩のようだ。頭の上では、はじめ小旗か動物かと思った葉という葉が小躍りし、ハミングしながら、光を通したりさえぎったりしている。わたしはもうすこし目を上げた。太陽が葉たちを踊らせて遊んでいる。そしてときどきウィンクみたいに、きらっと光って葉のあいだを通りぬける。

いちばん低い枝でも、かなり高いところにある。あそこに登れたらいいのに、とわたしは思った。

それから目を落として、埋まっている枝もたくさんあるのを確認した。ところどころ地面に出ているものもあって、硬そうで、ねじ曲がっているが、先のほうでまた地中深くにもぐっている。一本を目で追うと、五、六メートル先でまた地面の上に現れて、すこし先でまたまたもぐって見えなくなっている。地面の枝たちは、冠の枝たちよりだいぶ長い。

つまり木は、上と下の両方に枝があるわけだ。これは知らなかった。そしてまたも長老ばあさまを思い出した。「根っこ」――そうだ、ばあさまはそう言っていた。そして水を保っていると考えられるのは、これだったんだ！　同時にもう一つ思い出した――木の胴体は「幹」と言うのだ！

わたしはちょっと自虐的に笑った。鼻にかかったその笑い声が、穴を取りまく周囲の壁に反響する。わたしは足の先で砂を押してみる。

地面はひどく硬い。

ここに水はないらしい。

わたしは水ゼリーのボトルを出して、口に一滴落とした。それからもう一滴、また一滴。ひどく喉がかわいている。四滴め。わたしは水ゼリーをかむ。ゼリーが唾液と混じって液体になり、口いっぱいに広がって、口のなかの砂をそうじしてくれる。それを飲みこむ。わずかな水もむだにしたくない。

わたしは幹に頭をもたせかける。

そして目をつぶる。


太陽はだいぶ前にしずんだ。わたしは横向きに寝ころがる。木の根もとで、片方の頬を砂につけて。でも足首の冷えと痛みで眠れない。

足首だけでなく全身が痛い。でも気分は悪くない。わたしはこのときほど熟睡したことはなかったと思う。わたしは木に背中をつけて起きあがると、すわりなおした。

青白い月が、わたしの斜め上にあって、ほとんどまん丸な姿で空を照らしている。夜の静けさのなかで、木はさらに大きく見える。暗い色に変わった冠が広がって、星々の光は見えない。

かろやかに波打つ葉のざわめき以外、生きているものの気配もない。わたしは安全だ。もう棒きれがないことを考えると、ほんとうによかったと思う。

毛布も、もうない。獣に出くわした丘の上に置いてきてしまった。寒くて体がぶるぶるふるえる。自分で体をこすってあたたまることもできない。肌が出ているところは、傷とかさぶただらけなのだ。

足首はひどく腫れて、ずいぶん大きくなってしまった。足首が妊娠して、これから足を産むみたい——そう思ったら、ばかばかしくて笑えた。こんなところで身うごきもできず、これからあんまり笑うこともないだろう。わたしは自分で自分を笑わせることに興味がわいてきた。

そして、あらためて足首をよく見てみた。

折れてはいないと思う。ソラスの隣人アビア——クロルに息子を殺されたお母さん——そのアビアが、一度足首を骨折したことがあった。水の入った大きな革袋を頭にのせて歩いていたときに、誰かが放りっぱなしにした棒きれを踏んで、バランスをくずしたのだ。足には全体重がのっていたので、棒きれはころがり、アビアの足の骨は折れた。

それはちょっとみっともない（そしておかしな）光景だった。大人のアビアが大声で泣きさけんでいたんだから——「よくもこんなものをころがして。そういうろくでなしは、親子ともども砂漠に飲みこまれてしまえ！」。グワルンが手当てをした。大都会で買ってきた棒きれをたくさんのこぎりで切り、三つ編みに編んだひもで添え木を作って足首を固定した。月が何回かめぐるあいだ、アビアは足を引きずって歩いていたけど、そのうちによくなった。

わたしも同じようにするしかない。治るのにそんなに時間がかからないように祈ろう。こんな足首では、岩壁はとてもよじ登れない。

わたしはもう一度木の冠を見あげる。添え木にするには枝一本でじゅうぶんだ。でもいちばん下の枝でも、あまりに高いところにある。

わたしはくしゃくしゃになったフリーズドライのプロテインが入った小袋を出すと、開けて飲みこんだ。体がタンパク質をほしがっている。すごく。高台で落としてしまったものは、いまごろ砂のなかに埋もれてしまったにちがいない。

わたしは残りの小袋を全部出した。そして並べると、オパールのような月明かりが広げるグレーの陰影のなかで、かぞえてみた。あと五十七個。一日一袋とすれば、五十七日生きのびられる。それまでに足首は治るんだろうか？　罠みたいなこの穴から、わたしは出られるんだろうか？

ここまでは二十八日かかった。では帰るのには？　わたしは息を強く吸って、吐く。とにかく、いまは体を休めなくては。

わたしは木に体をつけて丸まり、なんとか胎児のような格好になると、毛布のかわりに背負い袋を体にのせて眠ろうとする。


ぼんやりと意識が戻ってきて、わたしは飛び起きた。音？　なんの音？　わたしはどこに……？

葉っぱだ。

わたしは木にもたれかかった。木の……樹皮に！　長老ばあさまが使っていた言葉は、これだ！　木の皮膚は「樹皮」というのだ。薬になるものもあれば、毒になるものもあるという。この木の樹皮がいいものかどうか、どうすればわかるんだろう？

わたしは動きたかったが、体がいうことをきかない。

それでもあお向けにひっくり返った。わたしの上にあるあの冠は、空中に浮かぶテントのような役をしてくれている。体を横向きに変えると、黄色みをおびた青い空がわずかに見えた。

朝焼けだ。新しい一日の誕生。寒さの終わり――砂の上を這うこの厄介な存在、人がつかむことのできない幽霊のような連れあいである寒さ、その終わり。夢と悪夢の終わり。希望と再生。

この瞬間はこわれやすくて、数分しかつづかない。だからこそ魔法のようだ。

それから空は、あっというまに明るくなって、日中という時間に向かって大きく開かれていく。

目がさめていて、よかった。

キャンプ地ではもうじき女の人たちが、朝食のしたくをし、テントを開け、呼びかけあったりその日の仕事を分担したりするだろう。糸をつむぐ人、布を織る人、みんなの夕食や長老ばあさまのスープを作る人。キャンプ地に赤ちゃんがいるときには、その子たちの様子を聞いたりもする。テントの前で髪をとかしたり、シニョンに結ったり三つ編みにしたりしながら、うわさ話もする。そのなかに母さんもいるのだろう。たぶん。

あそこを出てきてから、朝はいつも物悲しい。母さんの思い出を振りはらうことも多い。あの顔を、ほほえみを、声や眉間のしわを、思い出すとつらい。でも心のなかで、母さんに向かっていっぱい話しかけることもある。母さんにしがみついて言うのだ——大好き、でも行かなきゃ、わかってね、許して。いろんなことをなにもかも言って、わたしは泣く。

でもあそこにいたときには、朝が大好きだった。

近所の人たちは秘密をささやきあう。織った布を品定めしあううちに、いらいらしてきて怒りだし、両手を大きく動かしたり地面につばを吐いたり、「このブサイク！」だの「役立たずの革袋！」だのと言いあったり叫んだり、通りかかった人たちまで巻きこんだり。でもそれが急に落ち着いて、はっと口を押さえたり、笑いあったり。

うわさ話は好きじゃないけど、おもしろいものもあった。夜、誰と誰が愛しみあっているか、誰のだんなさんが元気か。または、「誰それさんが体調をくずして、お腹が派手に鳴ってキャンプじゅうを起こしちゃったんですって」とか。そうして女の人たちは、くっくっと笑う。

そういう話は、わたしにもわかった。わたしも同じ世界にいたから。その世界を知っていて、自分もその人間だと自覚していたから。

もちろん、わたしは女の人たちといっしょにいたわけではない。誰からも見えないように、うちのテントのなかで物陰にうずくまっていた。母さんはわたしがそこにいるのを知ってたけど、なにも言わず、子どものわたしには禁じられている場所に、こっそりいさせてくれた。まだ髪の短い女の子は、大人の女の人たちのおしゃべりには入れないのだ。でもわたしはそこに入りたかったわけでもないから、かまわない。聞いているだけでじゅうぶんだった。

陽がのぼったようだ。その存在を感じる。大空の王がいままさに空に君臨し、圧倒的な暑さを砂漠に浴びせようとしている。そして夜が残していった冷たい影を、洗い流そうとしている。けれど穴への道は、砂丘がさえぎっているにちがいない。

わたしは喉がかわいて寒かった。太陽はそのうちわたしを焦がしにくるだろうけど、その前に早くこの冷えきった体をあたためにきてほしい。

わたしは地面に落ちていた背負い袋をつかむと、水ゼリーの最後のボトルを出した。本数の見積もりが甘かったかもしれない。

節約しすぎれば、わたしは死ぬ。

じゅうぶん水分をとらなければ、死ぬのだ。

今回は三滴吸いこんだ。水ゼリーの味に慣れてはきたけど、ゼリーが舌に触れたとたん、軽く吐き気がする。まずさはすぐに消えるが、毎回そうなってしまう。

逆に革袋の水なら、飲むと笑顔になった。水はさわやかな一陣の風のように、体にしみわたっていったから。

足首の皮膚が張っている。見るも無残。

わたしはまた地面にあお向けになる。なにもやる気が起きない。

とつぜん、岩壁のてっぺんが輝いた。あの獣がいたところ、わたしが落ちてきたところだ。

光の細い縁取りがまぶしい。

その縁取りが動いていく。わたしはそれを見つめる。

わたしが息を吸うと、光が進む。

息を吐くと、また進む。

太陽はつねに動いている。岩壁は黄土色から金褐色に染まっていく。岩壁も目ざめたのだ。

わたしはゴロゴロところがって、木の陰から出た。とたんにあたたかさにつつまれる。閉じた両目の上に片腕を置いて、わたしは地面に横たわったままでいる。太陽が夜の冷たさからわたしを解放してくれる。

あたたかさが熱く感じられるようになると、わたしはまた木まで這っていく。

今日の目標：足首を固定すること。

地面には枝がたくさんころがっている。まるで木に爪があって、その切りくずが落ちたままになっているみたい。でも添え木を作るには細すぎる。

もっとしっかりした枝を、四、五本見つけられたら……でもそのためには起きあがらないと。いますぐじゃなくていい。いまは気温が上がってきて、木の陰にいるほうがいいんだから。

体がふっと楽になってくる。

わたしは頑丈な幹にもたれる。

痛みもすこしやわらいでくる。


お腹が痛い。

わたしは背負い袋を体からどけた。ここには誰もいない。わかっている。それで木からすこし離れたところに行くと、砂を掘ってしゃがんだ。

不意に、地面すれすれのところでなにかが動いた。

正面の岩壁に、小さな穴がある。

わたしはすぐに下着とズボンを引きあげると、後ろに下がり、息を殺して待った。

なにも起きない。

わたしは警戒しながら、それでもよく見てみようと身をかがめた。穴のなかには丸いものがたくさんあって、それが光を反射させている。いくつもの丸い目がこちらを見ているのだ。またも動物？

もしクロルなら、わたしはもう襲われているだろう。だいいち、クロルにはこんなに大きな目はない！　でも、ほかの危険な動物ということもありうる。

わたしはためらったが、気持ちをすっきりさせておきたかった。いまの自分は弱っていて、赤ちゃんみたいなよちよち歩きしかできない。危険な動物といっしょに穴のなかにいるわけにはいかないのだ。

わたしは小石を一つ拾って、穴のなかへ投げてみた。

目はぜんぶ消えた。

怖がりの動物なんだ。

よかった。

わたしはもとの場所に戻ると、しようとしていたことを終わらせ、砂をかぶせた。

そして、足を引きずって木まで戻った。


戻って、はっとした。樹皮が動いていたのだ。

分厚い皮をよく見ると、小さな小さな生きものの列が、幹を行ったり来たりしている。すごい！　数えきれないほどいるのに、これまで気がつきもしなかったなんて！　脚は六本で、見えない道をすごく忙しそうに進んでいる。なかには、頭の上に葉っぱのかけらをのせて運んでいるものもいる。

キャンプ地にも、こういう生きものがたまに空から降ってくることがあった。同じのではなかったけど。キャンプ地に来たのは飛んでいて、背中に透明な長い羽があった。これが来るのは縁起が悪いと言われていて、女の人たちは見つけると押しつぶしたり、サンダルの底で踏みつぶしたりした。それから姿勢を正すと、悪いことが起きないように、指で額に円を描く。もしわたしがそばを通りかかったら、わたしのこともつかまえて、額に見えない円を描く。その生きものを見た人は、みんなそうしなくてはならない。

父さんはいつも、あんなのはばかげていると言っていた。

でも父さんが最後の狩りに行ったとき、同じのがたくさん飛んできたのだ。鍋のなかに落ちたのもいた。

そして父さんは、帰ってこなかった。

その後まもなく、テヴィダ一家のテントのそばに、その生きものが落ちてきたことがあった。見つけたとたん、わたしは誰にもたのまず、自分で額に円を描いた。

それを、ミュルファに入る前の長老ばあさまが見ていた。ばあさまはしかめ面をしてわたしのまねをしてから、大笑いした。近所の人たちがふり返り、わたしたちから目をそらした。ばあさまは、わたしのところまで来て言った。

「ばかめ！　あんなのは、昔はそこらじゅうにいたのだよ！　地面のなかにも地上にも、空中にも、コンヂュウがもたらすのは生だ。死ではない！　くだものや人の食べものや、木々が生えるのを助けるものたちさ。それを人が毒をまいて、いなくさせた。おかげでどうだ！　人も、残ったものたちも！　息さえできなくなって死にかけ、なんでもない小さなコンヂュウを怖がるようになって！」

言い終わると、ばあさまはわたしが言いかえすのを待っていた。でもそんな期待にはこたえなかった。わたしはこぶしを握りしめ、ひとことも言わずにその場を去った。

父親を亡くしたのは、ばあさまではない。あの人がなくしたのは歯だけだ。わたしには、コンヂュウが不幸をもたらすと考える権利がある。

わたしは幹の上を行き来する生きものをながめた。これはコンヂュウなのだろう。

ともあれ、なんでも知ってるばあさまによれば、そのような名前なんだろう。昔の世界にはそこらじゅうにいたなんて、ちょっと信じられない。それに木々が生えるのを助けるなんて！　いま、コンヂュウはわたしの目の前にいるけど、葉っぱのかけらを運んでいるだけじゃないか！

　わたしは地面から小さい枝を拾った。そして枝の先っぽで一匹（ぴき）にさわってみた。生きものは足を速める。わたしはさらにつついてみる。生きものは見えない敵に向かって、前脚（あし）を上げた。これぐらいなら危険はなさそうだ。生きものは幹を下りると木をぐるりとまわって、土の穴のなかに入り、仲間たちにつづいて消えた。

　わたしはとうとうがまんできなくなって、一匹（ぴき）をつかむと口に入れた。

　そしてかんだ。

　カリカリしたけど、苦くて、なんとも言えないツンとくる臭（にお）い。わたしは何回も吐（は）き出して、舌の表面を歯でこすったけど、それでもピリピリする！　まずすぎる。

　このコンヂュウは、食べられたもんじゃない！

　長老ばあさまは前に、人は動物を食べていたと言った。それでハンターたちは、あるとき獣（けもの）を食べようとした。彼（かれ）らが話しあって決めたことはぜったいだ。それでみんな食べたのだけど、肉は死の臭いがしたそうだ。食べてから吐いてしまったハンターもいた。

またしても、長老ばあさまのたわごと。

ばあさまなど、あのミュルファで朽ちはててしまえばいい。

そろそろこの穴のなかを探検しよう。

わたしは木に体重をあずけて立ちあがると、あたりを見まわした。あちこちにおもしろい形の石が散らばっている。時の流れで忘れ去られて、古びた頭蓋骨かなにかみたい。小さいものもあれば、わたしの背より大きいものもある。

もやもやした気持ちのままでいたくないので、岩壁に沿ってぐるりと進もうと思って歩きだす。岩壁に、でこぼこはほとんどない。なにより、えぐれたようにカーブしているのが恐ろしい。

ここから脱出するには、いったいどうしたらいいんだろう。

わたしは片足跳びで、光る目がひそんでいる穴の前を通りすぎる。たとえ怖がりの動物でも、この足首の状態で近くにいるのはごめんだ。

途中で背のびをしたら、巨大な丸い岩が並んだ向こうのほうに、細い枝先がたくさん見えた。

また別の木？

すべすべした岩壁の表面を確認しつづけながら、わたしは足を引きずっていく。ほんとうにすべすべ、いや、つるつるの岩壁だ。

そして、地面すれすれに光る目をかくしているあの小さな穴をふり返る。

やつらはあそこにいるのだ。集団で目を光らせて、わたしを見張っている。

わたしはゆっくり移動していく。太陽は高く、わたしの背中に熱い光をたたきつけてくる。木の冠だけが、日陰を作っている。

はてしなく時間がかかりそうだったけど、わたしはついに……低木の茂みにたどり着いた！　岩陰からは一部しか見えなかったけど、大きな茂みだ。少なくとも、広いテントの床二つ分ぐらい、生い茂っている！

近くの岩壁のそばにはとがった岩が一つあって、その向こうから、新たな歌が聞こえてくる。

澄んだ歌声。木の葉っぱたちより、もっと静かな歌声。

やさしくなでてくれるような。

足首をかばってすり傷だらけになった手を、さらに切り、汗も流れていくままにしながら、わたしはつかめるところならどこでもつかんで進んでいく。

歌が近づいてくる。

わたしは茂みのまわりを進む。あちこちで空に向かってのびている茂み。繊細でしなやかかと思うと、硬い枝や葉もある。わたしは細くてあわい緑色の葉にさわってみる。父さんは、茂みはなんの役にも立たないと言ってたけど、わたしはそこで添え木にぴったりの枝を見つけたのだ。

近くの砂に十字のしるしを描くと、わたしはぎこちなく跳びはねながら、歌のほうへ向かいつづける。

そして岩を過ぎたところで、足を止めた。

目の前に平らに広がるものがあり、岩壁と、張り出した空がわずかに映っている。表面にはさざ波が立っていて、岩壁から透明な液体が流れこんでいる。

水だ！

こういうものだったのか！　ハンターたちがいつもさがしている宝は！

わたしは革袋に入っている水しか知らない。あとはゼリー状のもの。一か所にこんなに満々とたたえられているのを見るのは、はじめてだ。おだやかで。静かで。眠っている女性みたい。

木、そして水。

奇跡みたいなこの宝。なのにここには、わたしのほかに誰もいない！

いや、水のなかに誰かいる！　わたしはかがんで、ぎょっとした。それから笑いだした。あはは！　ちがう、誰もいやしない！　自分を怖がったなんて！　水が鏡のように、わたしの顔を映しているだけ！

だけどこんなに傷だらけ、あざだらけになっていたとは知らなかった。あごには長い傷がいくつもできて、縞もようみたいになっているし、右の頬にも切り傷があり、スカーフの結び目はおかしなことになって垂れさがっている。わたしは笑顔を作って、自分を観察するのをそこでやめた。

水は透きとおって、底は砂地、緑の長いひげみたいなものが、水面に向かって揺らめきながら立っている。わたしは手をのばした。水は思ってもみなかった感触だ。冷たくて、心地いい。わたしは心から笑顔になった。水のなかに腕を入れると、緑のひげに触れた。ひげはわたしをくすぐるように、物憂げな動きをつづけたり、ゆっくりになったり、催眠術みたいだ。思わず、火打ち石から生まれる炎が頭に浮かんだ。その舌先が空にのびていく様子は、星々のなかにいる見えない誰かのところまで、のぼっていこうとしているかのようだ。

緑のひげは動物ではなく、水のなかの茂みのようなものらしい。手を右に左に動かすと、水はちょっと抵抗してから、逆流するようについてくる。わたしが水を歌わせている。

このひとときを、母さんといっしょに味わえたなら！　父さんはこういう池を見たことがあったにちがいない。父さんも、いまわたしがしているみたいに、水と遊んだんだろうか？　それとも革袋を水で次々いっぱいにしなくてはならなくて、遊ぶひまなんかなかったんだろうか？

もう聞いてみることはできない。なにも。

わたしは水から腕を引きあげると、顔をつけてみた。けれど息をしたとたん、鼻に水が入ってきて、あわてて顔をあげ、咳きこんだ。
ばかだなあ！　水のなかでは、わたしは息ができないのだ！　でも長老ばあさまによると、息ができる生きものもいるらしい。

夜のつどいで、ばあさまはよく話をする。じゃなくて、した。はじめはハンターたちをギロリと見つめたまま、ただ聞いている――ハンターたちの手柄、これまでになくきびしかったロッククライミング、獣や嵐の襲来、気が滅入りそうにはてしない砂漠を行く絶え間ない前進。

そして話も終わり、静けさのなかに待ち遠しそうな咳ばらいが散りばめられるようになると、ばあさまは色あせたショールに身をつつみなおし、砂漠の風にさらされてきた声で、以前の世界について語りだす。

一度、水について語っていたこともあった。あのとき父さんはまだ生きていて、母さんと並んですわり、二人は指をからみあわせたまま、バラ色の炎に照らしだされていた。

長老ばあさまは、まるで故郷の話でもするみたいに、長々と語った。その世界がどんなふうなのか、わたしは思いえがいてみようとした。海という一面の水や踊る水がたくさんあって、踊る水は川と呼ばれる。人はそこで体を洗い、きらめく皮膚の生きものもつかまえる。水は空から雨というものになって降り、命をはぐくむ――。

　母さんの上半身にもたれ、大きなキャンプファイヤーの火で体をあたためられながら、わたしは目をつぶって、ばあさまの話から広がる世界に飛びこんだ。

「はじけるように笑いながら、はっきりしたリズムで歌う」滝のすがすがしさ、激流に姿を変えた水の猛烈な力。わたしの想像のなかでは、谷間の小石で泡だつ水は、あらゆる色に輝く小さな女の子の夢の世界そのもののなかにあった。

　それをわたしは、おとぎ話を信じるように信じた。大自然の水など、歯が抜けて注意力もあやしくなったおばあさんが、みんなをよく眠らせようとして、星空の下でささやく作り話なんだと思いながら。

　でもほんとうは、わたしはほんの十二歳で、生まれてから一度もこんな水を見たことがなかっただけ。

　ほんとうは、太陽がいくつにも割れて輝く透明で小さな池が、実際にあって、どんな想像よりも美しかったのだ。

　どうして大都会は、地下深くまで水を求めにいくのだろう？　ここに、わたしの目の前にあるのに。透きとおったこの水を飲めるなら、水ゼリーよりはるかにおいしいだろうに。

　でも大都会のそばには、木がかくれている穴はない。あるのは、巨人が広げたテーブルクロスのような砂漠だけ。そして巨人は、はるか昔に立ち去ってしまった。わたしたちを見捨て、ごみだけを残して。

　大都会のことがまた頭に浮かぶ。あそこは、この水とは正反対。灰色で、派手で、ごてごて飾りたて、息苦しくて不安をかきたてられる。でも、この水はシンプル。あの超高層タワーに住んでいる人たちには、ゼリーじゃない水があるんだろうか？あの人たちは、どういう人たち？　空を独りじめするなんて、どんなにすごいことをしたっていうの？

　大都会といえば、父さんがわたしに文字の読みかたを教えてくれたのも、あそこでだった。まっ暗なトンネルには、光る看板やお知らせなどが並んでいたけど、ほとんどは消えていて、たまについたり消えたりしながらザーザー音をたてているのもあった。それでもわたしは目を丸くした。ランプや電子看板などというものは、見たことがなかったから。わたしたちのところには棒きれや火打ち石はあるけれど、両方とも高価なので、太陽の動きにあわせて暮らしている。夜のつどいのときは別だけど。

父さんはわたしに文字を見せてくれた。そしてそれから何日も、時間をかけて、それらを組みあわせるとどんなふうに考えが現れるのか教えてくれた。考えだけじゃない。物も現れる。

もう七歳になっていたわたしは、あたりの暗さやムカムカする臭いもかまわず、一見すごく簡単そうなことから、考えや物が頭のなかに現れ出ることに夢中になった。まるで魔法のようだ。読むことは、そこにはないものを出現させることなのだ。はじめて読めた言葉は「テーブル」。そのときの衝撃を、わたしはいまもはっきりおぼえている。たどたどしくそう読んだとたん、頭にぱっとテーブルが現れたのだ。そのテーブルは、あると同時に、ない！

それからわたしは読みつづけた。帰る日までずっと、つっかえながら、何度もくり返して。父さんががまん強く手助けしてくれた。

キャンプ地のみんなは、そんな父さんをからかった。でもそれも冗談半分だった。父さんが男の子をほしがっていることを、みんな知っていたからだ。ほんとうは男の子が三人生まれたけど、生まれたときか、そのすぐあとに死んでしまった。わたしでもそれを知っている。夜、父さんと母さんが話しているのを聞いてしまったのだ。ひそひそ話だったけど、わたしにはわかった。

父さんは、自分が知っていることをわたしに教えようと決心した。わたしは女だし、ハンターにもなれないけど、脳みそは、死んでしまった男の子たちと同じようにしっかり重いはずだから。

父さんが、わたしに訓練用のポールをよじ登らせていると、父さんの仲間たちは、笑ったりひやかしたりした。母さんは、女の子にそういう教育をするのは父さんが勝手にやっていることで、自分は反対だというふりをした。読みかたを学ぶことに対しても、ほかの人たちの前では皮肉を言った。あの子のような娘には必要ない知識で、布の織りかたをおぼえたほうがいいのにと。女の人たちは母さんの味方になり、父さんはそのグループの笑い者になった。

でもほんとうは、わたしが砂に書かれた文字や記号を読むと、母さんは大きくにっこり笑った。父さんとわたしが、笑いながら汗だくでポール登りから帰ってくると、父さんに抱きついてキスした。

かわいそうな母さん。あの女の人たちのなかに取り残されて。あの人たちのうわさ話にかこまれて。愛する人を亡くし、一分ごと一秒ごとにもわたしを待ってるだろうに。

わたしは自分のことしか考えてなかったんだ……。


わたしは木の下にいる。

お腹がすいてグルルルルと鳴る。それがまるでけられてるみたいな痛さだけど、なんとか無視する。

わたしは細くてしなやかな枝と、もうすこし強くてしっかりしているものと、両方持ってきた。でもそれを切る道具がない。端っこは簡単に折れたけど、わたしの親指ぐらいの太さの枝になると、大変！　押し、曲げ、体重をかけ、とにかくがんばらなくてはならなかった。

生きている〈ボイ〉の匂いは独特で、言葉では言いあらわせない。わたしの砂まみれの髪を、風が揺さぶっていったときのよう。わたしは二本めの枝を折り、それをまたさらに小さくして、だいたい同じ長さのものを八本作った。

水辺には、また別の茂みもあった。そこに生えている茎はしなやかで、葉っぱは細長い。ひとつかみ抜いてきて、いま、細いひもを編もうとしている。足首に添え木を固定するためのひもだ。簡単ではなかったけど、葉っぱを取ってしまうと茎どうしを編みあわせることができて、ひもの完成！

添え木を作るのに二日かかったけど、できばえには満足している。あとは、しんぼう強くなること。ここから脱出するには、元どおりの足首が必要だ。

わたしの身長に合うしっかりした枝も、茂みにさがしにいった。いまはそれを支えにして歩いている。

添え木と杖ができたお祝いに、プロテインバーを一本食べた。お腹が喜んだ。バーはあと五十四本ある。かぞえたのだ。一日に何回もかぞえてしまうこともある。それで増えたり減ったりするわけじゃないけど、きちんと知っておくと安心する。一日の割り当ては、なかなかきびしい。お腹が抗議してくる。

この穴全体を、もう一度ひとまわりしてみた。

つるつるで、つかんで登っていけるところもない岩壁を前に、脱出は不可能なんだとパニックにならないよう気をつけながら。


空腹をまぎらわそうと、木の幹にいる小さな生きものを長い時間観察している。コンヂュウたちでいっぱいの世界って、どんなふうだろう？　きっとこの小さな生きものたちと同じように、あちこちで休みなく動いているんだろう。

母さんもこれを、この小さな生きものたちを、見ることができたらな。なにか大事なことでもあるみたいに急いでいる様子を見て、いっしょに笑えるのに。母さんは、こういうコンヂュウを見たことがあるのかな？　木は？　立っている木、生きている木を見たことはあるのかな？

小さな生きものがわたしの腕に落ちてきて、かむか刺すかしようとする。わたしは思わずつぶしてしまう。

生きものの脚が丸まり、ひくついて、止まった。ぺしゃんこだ。もう動かない。

ほんの小さな生きものだ。でも縁起が悪いと信じている女の人たちみたいなことを自分がやって、死んでしまったのを見ると、悲しくなった。この生きものたちはあんなにまじめで、働きもので、葉っぱのかけらを持って行進しているのに、こんなに弱い。わたしの指だけで、何百匹も殺してしまえそう。

じゃあ何百人もの人間を殺せる指って、ある？


あの光る目は、あいかわらず岩壁の地面すれすれの穴にいる。

わたしはそこに話しかけてみる。

今日は、添え木がなんのためのものか説明した。池で足を水に浸すために、添え木をはずし、またくくりつけたことも話した。

それから最初に作ったひもが切れたときのために、細いひもをあと二本作った。

穴の底で、おしりを砂につけたり岩の上にのせたりしてすわりながら、わたしは考える。空を見て、コンヂユウたちを見て、また考える。

頭のなかでひしめきあっている言葉を口に出すと、元気が出る。

はじめ、最初のひとことが口から出て宙にただようと、気恥(きは)ずかしくなった。自分の声が岩壁(いわかべ)に反射すると、広いこの穴のなかではずいぶんたよりない感じになる。それでも言葉が出ていくと、頭のなかは軽くなるのに気がついた。それなら目に話してやろうと思ったのだ。あの動物に、耳があるのかどうかは知らないけど。

父さんが死んでから、母さんは笑わなくなったんだ――わたしは話しかける。作り笑いみたいなのは浮(う)かべるけど、前みたいに喉(のど)まで揺(ゆ)すって笑ったりはしなくなった。もちろん父さんがいたときも、いつも笑ってたわけじゃない。父さんが狩(か)りに行ってるあいだは、あんまり笑わなかった。でも帰ってくると……。

帰ってくると、わたしもよく笑ったんだよね。なにもかもが楽しくなった。父さんは冗談(じょうだん)を言ったり、こっそり近づいてきて、息が止まりそうなほどわたしを驚(おどろ)かせたりしてね。すると母さんも悲鳴を上げて、いっしょに笑うんだ。父さんは大事な本を出してきて、わたしに読ませてくれる。わたしがつっかえたりまちがえたり、「た」

と「な」をごっちゃにしたりすると、やさしくからかう。わたしは、知らない言葉がどんなものに似ているのか想像した。「小豆」ってなに色なんだろう？　ほんとに小さいの？　もし大きかったら「大豆」って呼ぶ？

父さんが死んでから、時間はかかったけど、わたしは笑えるようになった。ソラスがわたしを笑わせるのが好きで、いろんな変顔をしてみせたり、おかしなことをあれこれ言ったり、ばかばかしい遊びをわたしにもやらせたりしたから。たとえば空に向かってつばを吐(は)いて、それを自分の口で受けとるとか、空(から)の酸素ボンベにつばを命中させるとか。だけどあいつはハンターになった。それでわたしの笑いはまた消えた。

この穴のなかでも、わたしは笑いたい。でも笑えることなんて、一つもない。わたしは道にまよって、けがをして、どうやってここから出ればいいのかわからない。そして深い穴の底で、目にむかって話しかけている。

夜になった。すずしさが穴のなかにも忍(しの)びこんでくる。そして昼間の熱を消し去ろうとするけど、石や岩が太陽の熱をたくわえているので、しばらくはだいじょうぶ。

そのあたたかさもなくなって冷えてくると、わたしは木の下で体を丸める。

毛布がない夜は、耐（た）えられない寒さ。少なくとも一度は起きて立ちあがり、暗いなかで両腕（りょううで）をぐるぐるまわしたり、腿（もも）あげをしたりして体を動かす。そしてすこしはあたたかくなったと自分に言い聞かせて、もう一度眠（ねむ）りにつく。

あたりの空気はしんとして動かず、葉っぱたちも黙（だま）りこんでいる。

聞こえるのは自分が息をする音と、赤くなった皮膚（ひふ）をこする自分の手の音だけ。

穴のなかは怖（こわ）いほど静かだ。わたしはもう死んでいるんじゃないかと思うほど。父さんもこんなふうに感じたんだろうか？　うつろ？　なにも聞こえない？

父さんは、痛かっただろうか？

同じことを、母さんはグワルンに聞いた。あのひとは苦しんだんでしょうか？

グワルンは、ただ目を伏（ふ）せた。

死んじゃうって、どんな感じ？

わたしは死んでいない。生きている。空いっぱいに広がりはじめた星々がそう教えてくれる。

小さな穴のなかで光る目を、もうすこしよく見ようと、わたしは身をのり出す。

ハンターたちを追いかけていたとき、わたしはずっと動いていた。かかとの下で砂が動き、わたしは前進していた。

ここでは動かない。世界そのものが止まってしまったみたい。そしてわたしは、ちっぽけ。

迷子の小さな生きもの。


足首はずっと痛い。何日ものあいだ、毎晩痛みで目がさめた。でも添え木の効果が出てきて、痛みが引いているときもある。

皮膚のほうは腫れあがったまま。強烈な色あいの夕焼けみたいに色が変わって、足の甲まで紫色と黄色になっている。わたしの足首は、マルチカラー。

わたしは毎日わき水を飲む。飲みつくしてしまわないか心配だけど、いまのところ、水は絶え間なく岩壁からしみ出ている。

プロテインバーとフリーズドライの小袋は、あと五十個。ここに落ちてきてから七日たった。

茂みで長い葉っぱをたくさん集めてきて、わたしはロープを編みはじめた。足首の添え木を固定しておく細いひもとはちがう。今度のは、編んだひもをさらにより合わせたロープ。長くて丈夫なやつ。

手を動かしていると、キャンプ地を思い出す。
涙（なみだ）が出てくる。わき水のおかげ。

わたしはロープを編みつづける。
どれぐらい長くなったか見てみる。
木の幹にぐるりとまわすには、まだまだ。

岩壁（いわかべ）をけずって階段を作れないかと、石をたくさん持ってきて、岩壁（いわかべ）のそこらじゅうに打ちつけてみた。すこしでも岩が出っぱっているところの周囲に。どんなに小さな出っぱりでも。
結果はいつも、わたしが持っている石のほうが割れて、手に血がにじむだけ。

岩壁はびくともしない。足首が治ったときに、つま先をかけられるぐらいの出っぱりがほしいのに、作れない。

ここをよじ登れないなら、どうやって外に出る?

太陽が夜を追いはらった。わたしはフリーズドライ・プロテインの小袋を一袋空にし、木の冠の下に避難した。チュニックをとおして、ざらざらした幹の感触が伝わってくる。硬い地面の上に寝て痛くなったおしりや太ももを、そのざらざらでマッサージする。

ロープはわたしの横に置いてある。もうわたしの手首ぐらいの太さだ。上出来。

わたしはわき水のところへ行って、水を飲み、水浴びをする。きのうは池のなかで体をのばした。なんていい気持ち! 太陽がひどく照りつけても、これでわたしは自分の体温を下げることができる。こんなことができた女の人は、いままでどれぐらいいただろう？――一人もいない、わたしだけ！

「ひゃあ！　わおー！」わたしは勝ちほこって声をあげる。「ひゃあ！」も「わおー！」も散りぢりになって、その一つ一つで小さなわたしが同じように歓声をあげているかのよう。

そのとき、小石が落ちる小さな音がして、わたしはその場に立ちすくんだ。

獣？　とまず思った。でも、それにしては音が小さすぎる。あんな音をさせるのは、重たい生きものではないはずだ。

わたしは急いで、でもぎこちない動きで池から出ると、枝で作った杖をつかんで立ちあがり、木のほうへ戻っていこうとした。途中、あの小さな穴をさっと見た。目が光っている。

見張っている。

じゃあこの動物じゃなかったんだ、あの音を……。

左のほうで、なにかが動く。

わたしはそちらを見た。

むこうもわたしを見た。

シューシューいいながら、動きを速めてこちらへ向かってくる。

焼けた砂の上で身をくねらせ、地面をこすりながら来る。わたしはぎょっとして息がつまり、そのままもう動くことができず、どうすればいいかもわからずに立ちつくした。冷酷なクロルは精力的にわたしめがけてやってくる。殴って止めるような長い棒きれもなく、足首のせいで逃げることもできないのに、どんどん距離をつめ、わたしに近づき、無表情に鎌首をもたげた。殺し屋の顔。もうわたしは一つのことしか考えられない――死の波がきて、それがわたしの終わりになるんだ。

わたしは木に寄りかかって、小さな杖を振りまわす。

横目で小さい穴のほうを見ると、目がいない。暗がりのなかに消えたのか。

わたしは一人きり。

クロルはぞっとするような姿で地面の上をすべり、曲がりくねってくる。わたしにはもうその細かいところまでわかる。もようのある皮膚、三角形の頭、出たり入ったりしている二股に割れた舌。

そしてクロルが、目の住みかの穴の前を通ったそのとき。とつぜん獣のようなものが飛び出してきて、クロルに跳びかかった。

クロルは目にも止まらぬ速さでひっくり返された。

数歩先で闘う二匹の体が、砂けむりにつつまれる。

わたしは木の後ろまで這っていき、幹にしがみついたまま、その様子から目を離せずにいた。ベージュ色がひらめき、砂けむりがあがり、二体がもつれ、なにかが折れたりきしんだりする音がして、黒い出っぱりが見え、むち打ちみたいな音がしたかと思うと、とがった先が輝き、口笛みたいな鋭い音があがる。

そしてすべてが静まった。

砂けむりがゆっくり落ちてくる。

わたしは身をかがめて見る。

目の持ちぬしの、獣のようなものの姿がはじめてわかって、身ぶるいする。八本のごつごつした長い脚に、楕円形の乾燥した胴体、その大きさはわたしが手を広げたぐらい。顔の部分は、ほとんどが大きな目。頑丈そうな口は、開いたり閉じたりするペンチみたい。

その奇妙な形のあごで、死んだクロルをくわえて、穴のほうへ引きずっていく。

たくさんの足で、地面にリズムをきざみながら。タック タック タック タック タ

ック タック。

わたしは全身に汗をかいている。

そしてぎょろ目がわたしの最悪の敵の死骸を引きずりながら、穴に戻っていくのをながめていた。「ありがとう」と喉からしぼり出すようにつぶやくと、わたしはそれ以上もう立っていられなくて、へなへなとその場にくずおれた。

ぎょろ目は、わたしの命を救ってくれたのだ。

いまは自分の痛みなどにかまっている場合ではない。両手がしびれてきても、指から血が流れても、わたしはロープを編まなくては。

水浴びもやめておく、時間がない。わき水のところまで足を引きずって行き、空になった酸素ボンベの栓を引きぬいて、いっぱいに水を入れると急いで木の下まで戻り、また編みつづける。

編むのをやめるのは、棒きれをけずるときだけ。自分をはげますために、思いきり叫び声をあげながら枝を折る。それが五本。

全部をとがらせると、わたしはそのうちの一本で体を支えながら、残りを穴のあちこちに置いた。一本めはいつも自分のそばに、二本めはわき水のそばに、三本めは木の根もとに横たわらせ、あと二本はもうすこし遠くの岩壁に立てかけた。もしまたクロルが出てきても、これで少なくとも身を守るものがあるわけだ。

それからまた、つづきを編みはじめた。

頭のなかに、砂の上をすべってくるクロルの姿が、くり返し現れる。かまれて死んだあの小さな男の子のお通夜のときのことも、よみがえる。お母さんはまっ青で、魂がなくなってしまったみたいだった。命の抜けたあの小さな体と、まともに向きあうことができなかったのだろう。

もしぎょろ目が飛び出してこなかったら、わたしも同じように死んでいただろう。そしてその亡骸はお通夜もしてもらえずに、太陽にさらされて腐り、ゆっくり白くなって、母さんにも誰にもけっして知られることなく消えていくしかなかっただろう。

忌まわしいそのできごとから四日後、太陽がよその地平線を焦がしに行ってしまうと、わたしは背中に背負い袋を落ち着かせ、できあがったロープを木の幹に沿わせるよう、幹の後ろ側にむけて左手で大きく投げた。そしてそのロープの反対側の端を右手で受けとめた。

それから両手でロープを引っぱってみる。

だいじょうぶ、切れない。

さらに強く引っぱってみる。

ロープは持ちこたえている。

そこでわたしの目の高さにロープをかけなおすと、足を踏んばり、ロープの両端を引いてはずみをつけ、飛びあがった。

幹に対して垂直に足をつき、すばやくロープをもう少し高いところにかけなおす。引っぱり、またよじ登る。足は幹に対していつも直角。

これが木を登るときのいちばんいいやりかただ。キャンプ地のポールを登るときに、父さんから教わった。そのときはもちろん、もっとずっと短いロープを使い、それでどんどんうまくなったので、わたしはほとんど走るようにして登れた。

ここでは木が太くて両腕を広げているし、なにより足が片方しか使いものにならない。でも幹がざらざらしているので助かる。

はだしの足で幹をとらえ、わたしはさらによじ登る。

袋が背中にぶつかる。全力で跳ねあがっては、上へ上へとよじ登っていく。つっぱっている両腕が痛み、筋肉がぶるぶるふるえるけど、なんとかだいじょうぶ。

汗が流れだし、手がすべりはじめる。

わたしはロープを握りなおし、足の指で幹をとらえ、息を吸い、片方の足に全力をかけて体を上に押しあげる。

二本の枝のあいだに手が届くと、空中でペダルを踏むようにしながらその上に乗る。

やった！　たどり着いた！

木の冠のなかに、わたしはすわる。枝は空にのびている。

上を見あげたら、テントのなかにいるみたいな気がした。

安全な場所にいるみたいな。

さらに上を見あげてみる。穴が大きくなったみたいだ。この感じには覚えがある。ポールに登ったときも、こんなふうに感じたっけ。でもここでは自分で決めてやめることができるし、休むこともできる。がんばって登ってきて、息がはあはあしているけれど、それでもここでは気持ちよく息ができる気がする。

この二本の枝のあいだに身を落ち着ければ、落ちる恐れなく木にもたれていることもできるだろう。でもその前に、いちばん太い枝を選んで、その上に腹ばいに寝そべったり、もっと高く登れるところまで登ったりもした。そして枝が細くなり、わたしの体重で大きく揺れたところで、となりの枝に次々つかまって引きかえした。

たしかにこの木は大きい。でもどうしようもなくわたしを支配しているのは、やはりこの岩壁だ。ここからでは、穴の上に投げたロープがひっかかる岩があるのかどうか、まだ見えない。この罠からわたしを脱出させてくれる岩があるのかどうか。

わたしは枝の上から、岩壁をぐるりと見まわす。ふり返って視界をじゃまする葉っぱも取りのぞき、三百六十度、しっかりながめてみた。

出口はない。

プロテインバーとフリーズドライの小袋は、あと四十四個。足首は腫れているし、しばらくまだここから出られないだろう。大事に取っておいたほうがいい。

食べるのは明日にしよう。

わたしは背中から袋をはずすと、すこしでもあたたかく感じたくて、お腹の上にかかえる。

そして枝の上で、汗もかわいていない体のまま、あっというまに眠りに落ちた。

ふと目がさめて、手のひらで地面に触れようとしたらなにもなくて、心臓が飛びあがった。いまどこにいるのか一瞬わからなくて、頭がくらくらする。それから木に登ったことを思い出した。はっきりした頭で、わたしは起きあがる。

酸素ボンベはあと数本しか残っていないけど、この穴に来てから、酸素ボンベがほしいと思わなくなった。

わたしは袋をさぐって、プロテインバーをつかむ。

そしてひと口ごとに味わい、つぶつぶした生地をていねいにかむ。

今日はなにをしよう？

わき水に体をつけにいこう。杖や棒きれ、それにロープもできあがったんだから、ゆっくり水浴びしてもいいだろう。

それから、やっぱり足首。まわしてみることができるか、筋肉をつけていけるか、やってみよう。

その次は、また岩壁を調べるのだ。見落としていたかもしれない凹凸をさがそう。足首が治ったら、そこを足場にして登っていけるように。

脱出する方法があると信じたい。

必ずあるはず。

「やらなきゃいけないことが、いっぱい！」

背中が痛くなってきた。枝ってほんとうに硬い。

敷きものを編んだらいいかもしれない。いや、それよりハンモックがいい！　うん、どこかにきっと吊るせるはず！

ハンモックは、ソラスが持っていた。十歳のお誕生日にもらったらしい。グワルンがいい具合に吊って、ソラスは地上五十センチのところで体をゆらゆらさせた。お母さんがソラスをびっくりさせようと、近所の家々から集めた残り布を毎晩縫いあわせて作ったのだ。

その日、わたしがソラスの家族のテントに入っていくと、ソラスは手でわたしに目かくしをして、手さぐりでわたしを歩かせた。ぎこちなく、小さな歩幅で——気をつけて、ほらそっちの足あげて、ちがう、もっと左……。背中にソラスの体が触れていたのを思い出す。

そしてはじめてハンモックにすわろうとしたとき、わたしは後ろにひっくり返って、まっさかさまに落っこちた。ソラスはお腹をかかえて笑った。手さえ差しだしてくれなかった。わたしはののしった——ばか、ゴミ頭、ろくでなし、ちっぽけな砂粒男。それでもソラスはまだ笑っていた。

それからわたしは、ゆるりと垂れさがったハンモックのまんなかに、よく注意してすわってみた。布の両端をそれぞれ手でつかんで中に入り、ゆっくり体をのばして横たわる。すると秘密のかくれ場所に、世界から逃れた場所に、いる気分になる。ソラスもやってきて、となりに横たわる。頭はわたしの反対側。わたしたちの肌が触れあい、わたしの片方の足がソラスの肩に触れる。ソラスが笑い、わたしも笑い、わたしにぴったり触れているソラスの体がびくっと動く。そして二人とも落ち着く。

ソラスは腕をのばして、頭の上にある留め具をつかむと、やさしく、とてもやさしくハンモックを揺らす。右、左、右、左。

最初は胃のあたりが気持ち悪くなって、唇がかわいた。でもそのうち慣れて、わたしは目を閉じた。ソラスの熱い体。わたしは空を飛んでいた。ハンモックの動きはわたしの体のリズムと響きあい、気持ちがよかった。わたしは旅をしていた。ソラスがいっしょ。道を進む足どりはかろやかで、目には見えない小道でわたしたちは別れる。静かな揺れ……静かな揺れは、熱を出したとき、母さんがそっと額をなでてくれるあの感じに似ている。

　このときがずっとつづけばいい、二人の空の旅が終わらなければいい——そう思った。あともうすこし、その世界に浸っていたかった。

　決めた、ハンモックを作ってみよう。

木にあるのは葉っぱだけじゃない。枝には平たくて小さい袋のようなものがぶら下がっている。長さはだいたい六、七センチ。わたしは手をのばして一つ取ってみた。外側はやわらかく厚い皮で、布地みたい。

その長さいっぱいに細い輪郭が見えたので、そこに切りこみを入れて、二つに割ってみた。

なかには小さな緑の球が並んでいた。これはなに？

わたしはためらった。

長老ばあさまは、木には薬になるのと毒になるのがあると言ってたけど、たしか皮についてもなにか言っていた。父さんは、茂みの緑の球は毒だと言っていた。でもこの球は？　こんなふうに皮に守られているんだから、ちがうかも？

わたしは球をよくながめ、匂いもかいでみる。一つつぶして、匂いを吸いこんでみる。変わった匂いだけど、臭くはない。

結局、好奇心が勝って、なめらかでやわらかい小さな球を一つ、口に入れてかんでみた。苦くてしぶい。あの働きものの虫のときといっしょ。

わたしは全部吐き出した。

ついてないったら。ここにあるのは、食べられない木。

岩壁はテヴィダに似ている。その完ぺきさで武装しているところが。そして見くだすような様子で、わたしにささやくのだ――あなたには無理よ、わたしには勝てない。くやしいけど、そのとおりのような気がする。

岩壁は硬すぎるし、なめらかすぎる？――わたしは自分に問う。それならわたしが登っていける壁を作ればいいじゃない！

わたしは岩壁に大きい石をいくつもつけて土台を作り、それから何日か、そこに小さい石を足していった。じきにこの石の壁は、わたしの背よりも高くなるだろう。でもこんなふうに小さな石を集めては、「えいっ」と悲壮な声をあげながら、いったいどこまで、くずれないように積んでいけばいいんだろう？　穴は地上から少なくとも十メートルの深さがある。もしかしたら、もっと！　だけどここには、そんなに高くまで積みあげられる石がない！

ないものは、しょうがない。

とにかく、なんでも試してみなくては。

本を持ってこなかったのを後悔している。でもその理由は自分でわかっている。重いから。

本は父さんが、父さんのお母さんから、そのお母さんも自分のお母さんから、そのお母さんは自分のお父さんからというふうに、ずっと手から手へわたされてきた。古い本なのだ。

わたしが文を読めるようになったのは、その本のおかげ。読めるというのは、ほんとに読めるってこと。

大都会から帰ってきたとき、父さんは何日か遅れて戻ることになったので、先に帰ったわたしが母さんに土産話をした。それから父さんも帰ってきて、母さんが外の女の人たちに加わりにいったある朝、父さんはわたしの手をとり、父さんの藁布団のそばへ連れていった。そして敷きものの上に置かれた大箱のふたを開けると、中をさぐりだした。

「何をさがしてると思う？」と父さん。

「ナイフ？」わたしは言ってみた。

「サマァ！　ナイフだと？　その年で！」

　わたしにだって、夢みる権利はある！　父さんは、長老ばあさまの話を聞いているときみたいな薄ら笑いでわたしを見たので、からかわれてるんだと思ってむっとした。

「ちがうよ、もっとずっといいものだ……」わたしの気分を変えるように、父さんはやさしくささやいた。

「ナイフよりいいもの!?」

「ほうら！」

　目の前に現れた長四角の物体にむかって、わたしは目を見ひらいた。父さんの大箱は厳重に鍵がかかっていて、ふだん、わたしは指を触れることも、いや爪の先でさわることもできないのだ。

「これがなにかわかる？」

　わたしは言葉がうまく出てこなくて、「わからない」のかわりにプルルッと唇を鳴らした。

「これは本だ。父さんの本だよ、サマァ。このテントでいちばん貴重なものさ。ほかにはもうほとんど残っていない」

「どうして？」

　わたしは手をのばした。さわってみたかった。でも父さんは本を引っこめて、楽しみを引きのばそうとした。わたしはちょっといらいらしたけど、それでもにっこりした。

「昔、世界はこれと同じような本でいっぱいだった。なにでできていたのか知らないが、わかっているのは、その材料がもうないということだ。われわれのご先祖は、電力による本を持っていたらしい。ちょっとうまく想像できんのだが、それも電力不足とともにすべて消えた。大都会が持っているわずかなエネルギーは、栄養物や水ゼリーや、大都会に必要なものを作るのに使われるからな」

　わたしも大都会で、電気による看板を見た。と言っても、ちゃんと光ってたものだけだけど。あの光は白すぎると思った。閉じた窓から、攻撃的な光が放たれているみたいだった。あの光が、逆に片すみの暗さを生み、不安をかきたてるのだ。それにしても、電力による本ってどんなものなんだろう？

父さんは、たっぷりわたしを待たせた。

それから手まねきして、いっしょに藁布団の上にすわると本を開けた。

中は文字でいっぱいだった。わたしが読めるようになったのと同じ文字だけど、すごく小さいうえに、細かく詰めこまれている。読みはじめてみたが、とても大変だった。

それでもすこしずつ、そこから言葉が生まれ出た。全部はわからなかったけど、というか全然わからなかったけど、音楽のようなその響きは好きだった。長い音もあればこみ入ったものもあり、かわいた音、丸みをおびた音、空洞な響き、やさしい音、すらりとした印象の音。発音しても何のイメージも現れなかったけど、音からだけでも、それらがどんなものなのか想像しようとした。そうやって何時間も過ごした。そして話しあった。父さんは笑っていた。

「じゃあこの『ドーフィネ風』は、なんのことだと思う？」

わたしはこんな質問もまじめに受けとって、いっしょうけんめい考えた。

「丸っこいものだと思う。で、やさしいの」

「どうしてわかる？」

「そう書いてあるから！　『ドーフィネ風』がいじわるだったり迷惑かけたりするわけない。だって、ドー・フィネ・ふう、だもん！　テヴィダのおじいちゃんみたいに、ちょっと気むずかしいところはあるかもね。でも、基本、やさしい。ぜったいそう」

「じゃあ『キュウリ』は？」

「これは陰険。すきまにすべり込んでいくの。じっと様子をうかがって、かくれてチャンスを待ってる」

「キュウリがチャンスを待ってるの？」

「そう！」

　父さんはまたほほえんだ。たぶん、ほんのすこし悲しげに。

　このときから、わたしは好きなときに本を見ていいことになった。でもよく気をつけて、誰にも見せてはならない。なにしろ宝物なのだ。

　くる日もくる日もわたしは本を開け、いくつかの部分など暗記してしまったほどだ。

「ドーフィネ風グラタンを作るには、ジャガイモ十五個、ニンニク三かけ、赤タマネギまたは白タマネギ（大）二個を用意します」

ジャガイモやタマネギがどんなものなのか、なぜちがう色のものがあるのか、なにもわからない。年齢に応じて色が変わるとか？

ある日、長老ばあさまが、それは「料理のレシピ本」だと言った。その言葉もわからなかったけど、ヤザイというものが出てくるそうで、ヤザイは大ざっぱに言うと木のような植物だけど、同じじゃなくて、もっと小さくて食べられるのだと。

そんなの、うそだ。

どうやって確かめればいいの？

本にはこう書いてあるところもあった。

「ブロッコリーのしっかりした頭の部分を三つ用意します」

ヤザイに頭があるの？　ちがうでしょ！　頭があるのは、動物！

それに……

わたしは、わたしの木の冠を見あげる。

これは頭と言えるかも。木は背が高くて、空に向かって立っている。

「木に頭ってあるのかな？」

わたしはぎょろ目に話しかけてみるが、もちろん返事はない。自分の声だけが、岩壁で生気を抜かれて返ってくる。

長老ばあさまは、大都会の金持ちたちはあの超高層タワーのなかで、まちがいなくヤザイを生やしていると言った。そして昔の人たちみたいに、それを味わうことができるのだと。それにひきかえ、わたしたちは生きのびるためにプロテインを飲んだりかじったりしている。

長老ばあさまがうれしそうにしているのは、見たことがない。いつも怒っている。わたしがあそこを出てきてから、ばあさまは獣のお腹のなかに行っちゃったんだろうな。でなければ糞のなかに。

いい気味って思っちゃう。

もし本があれば、わき水のほとりに寝ころんで、読むこともできたのに。そうしたら、ここでの時間もちがうものになっただろう。やることがなくて、こんなにダラダラすることもなかっただろう。

キャンプ地では糸をつむぎ、布を織り、母さんについていっておしゃべりもした。

一日というものに一本筋が通っていた。ちょっと硬いけどだんだんやわらかくなって、最後は歯で砕けるプロテインバーみたいに。

ここではちがう。

出てはこないぎょろ目を待ちかねて、わたしは一人で話をする。ソラスが岩のあいだに、夢中で空のボンベをつないで架けたときのこと（ソラスとの最初の思い出の一つ。わたしたちはどちらもまだ産着を持っていた）、ある日テヴィダが素っ裸でテントから飛び出してきたときのこと。クロルがいたと思ったからだが、その正体はお父さんのいびきだった。

一人で敷きものを編み（わたしは木の上で快適にすごしたい）、ハンモックに揺られ、棒きれで身を守りながら水浴びにいき、岩壁沿いに歩いてみる。願っていれば凹凸が現れるのではないかとでもいうように。太陽は、まるで空を進んでいくのをゆっくりにしているかのようだ。

毎日がとてつもなく長くて、わけがわからなくなってくる。

わたしはプロテインバーとフリーズドライ・プロテインの入った小袋の数を、何度もかぞえる。ここに落ちてきてから何日たったのか、おぼえておくために。

わたしに何日残されているのか、おぼえておくために。
あと三十八食。

わたしは木に登って寝そべる。太陽はあいかわらずのんきに西へ向かう。
葉のざわめきに耳をかたむけてみる。
そして集中する。足首がわたしの念で早く治るようにと。

今朝、添え木をはずしてみた。そして立っていられるかどうか試した。足首はねじれ、わたしはころんだ。

くやしくて、わたしは泣いた。

棒きれの杖をつきながら、岩壁のどこかに足場になる凹凸がないか、一周してみた。

これで三度め。

岩壁は、赤ちゃんのおしりみたいにすべすべ。


小さな生きものたちのあとについていってみた。木の根もとに入っていかないのもいる。平たい石の下に住んでいるのだ。そこで石を持ちあげてみたら、生きものたちは四方八方に逃げだした。こう叫んでいるのが聞こえるみたいだった——助けて！　助けて！　全員避難！

彼らをつぶさないように気をつけながら、わたしは石を戻した。いったい何匹いるんだろう？

この石の下だけでこんなにいるなら、ここには地球にいる人間よりもっとたくさん、小さな生きものがいるのかもしれない。

ほぼ世界じゅうのコンチュウを絶滅(ぜつめつ)させてしまったとは、いったい人間はなにをしたんだろう？　すごく広いみたいなのに、世界は！


足首の腫(は)れはだいぶ引いてきたけど、まだ不格好でぐらぐらする。

わたしは空を見あげる。星が出てきた。

「この空の下に母さんがいる。ソラスもいる」

ぎょろ目は小さい穴のなかにいる。

「おまえもこの空の下にいるんだね。わたしたち、みんな同じ空の下にいる。空はどこでも同じ。なのにどうして、ここだけ時の進みかたがおそいんだろう？」

ようやく一つ、いいニュース。髪がのびている。前髪が目にかぶさるようになったし、これでうなじも髪で守られる。

「ねえ母さん、わたし、いいことを見つけられるように心がけてるよ。でも悪夢に負けないように、しじゅう戦わなきゃいけないんだ——ここから生きて出られる見こみはまったくないっていう悪夢」

母さんには、きっと聞こえた。

これで母さんは、女の人たちで遠征隊を作るはず。糸と針、鍋と櫛で装備をかため、男たちにも立ちむかう、うわさ好きな女の人たちによる捜索隊。獣たちも恐れをなすほど大声で叫んで、しゃべりまくって、笑って、あんまり大騒ぎするから太陽さえあわててしずむ。そしたら丸いやさしい月が出て、砂漠のガイドをする。岩のかたまりも、動く砂丘もこえて。

母さんは、身を粉にしてわたしをさがしていると信じたい。

そしていつかわたしを見つけてくれるんだ。

わたしは自分で未来を作りあげなくてはならない。そうでなければ、未来になんの意味がある？

このところ、テヴィダがいるかどうか、いつも確かめながら過ごしている。あの変わったぎょろ目の動物を、わたしはテヴィダと命名したのだ。オスだったらごめん。本物のテヴィダが、同じ名前をつけられた子がどんな姿かっこうなのか知ったら、息をのむだろうな。豊かな髪を揺らし、口を開けて。ああ、うんざり。

わたしにも、すこしは笑う権利があるはず。

わたしはこの子がもう怖くないし、この子はわたしの話を聞いている。

わたしはいつもこの子にしゃべっている。唯一の親しい存在。おとなりどうしは礼儀正しく、決まりきったあいさつもちゃんとしなくては。「ごきげんよう」「おやすみなさい、ぐっすり眠って」「体に気をつけて」。うわさ話はあんまりできないけど、こんなふうに話してみる。

「こんにちは、テヴィダ！　『一つの家族と一つの平野！』──『わたしたちは友だち』って意味だよ。気に入った？　そうだといいな。わたしがいたところでは、とっても大事なあいさつなの。それはそうと、見た？　こないだとは別の石に、ちっちゃい生きものがいっぱい来てた！　この地面の下に、小さいトンネルが張りめぐらされてるのかなって、よく考える。想像できる？　そしたらいつか、地面が持ちこたえられなくなって、わたしは地の底に落っこちちゃうかも！　あははは！」

テヴィダはわたしの動きを追っている。

テヴィダに話せてうれしい。


わき水のほとりで、自分の頭の半分ぐらいの大きさの石を見つけた。その石に、太く編んだひもをくくりつけようとしたが──なかなかできない。指という指が、結んだり引っぱったり引きぬいたり、編んだりたたいたりしているおかげで、傷だらけだから。

ようやくくくりつけられると、岩壁から離れて、石から一メートルほど下のあたりのひもを握りしめ、頭の上で振って円を描く。一度、二度、三度。はじめはゆっくり、ゆったりと、それからすこしずつ速くして、ひもが風を切る音をたてはじめたら、全力で上に向かって投げる。

石は岩壁にぶつかって落ちてくる。わたしは投げた石のところまで軽く足を引きずっていくと、拾ってもう一度やる。

そしてこれを十回ほどくり返した。でも、岩壁の外に石を届かせることはできなかった。岩壁が高すぎるのだ。

ぎょろ目のテヴィダは巣穴の端に出てきて、わたしの様子を見ている。ひもが風を切る音を警戒しているのだろう。

「ここから脱出する方法をさがしてるだけだよ、テヴィダ。心配しなくていいの。ひもも石も、おまえにはなんの危険もないからね。もしこの石が、ここからは見えない上のくぼみか、大きな石が集まっているところかどこかに運よくはまったら、それでわたしはひもを伝って登っていけるでしょ。そしたら脱出できるんだ」
テヴィダはあいかわらずわたしを見ている。
わたしは石を投げつづけた。腕や肩が痙攣しはじめるまで。
わたしには体力も筋力も足りない。

このところ、食べるのは夜にしている。お腹が満たされているほうが、よく眠れると気がついたからだ。朝は、目がさめるとわき水を飲む。新鮮な水で空腹もごまかされる。

敷きものを作り終えた。これを木に上げるのは大変だったけど、太く編んだひもを何本か使って滑車のようにすべらせ、なんとか上げた。

それから敷きものを枝の縁に掛け、枝のあいだにはさむと、木の上に居心地のいい自分の場所ができた。これで夜、体のぬくもりを保てる。葉っぱを集めて掛け布団がわりにし、中にもぐりこんだ。肌に当たるとざらざらするけど、寒さはましになった。

わたしは枝の上にいるのが好き。世界がちがって見える。

何時間も、葉っぱのすきまから空を見ている。

あと三十二食。

岩壁の上まで石を投げるのは、もう無理かもしれない。頭の上で腕や肩をまわしつづけるので、いつも筋肉痛だ。

投げた石は、またも砕けて落ちてくる。降参し、命の抜けた物体みたいに。

木に登って投げてもみた。地面より高いところから投げれば、そのぶん遠くに飛ばせるだろうと思ったから。でも葉っぱがじゃまだった。大事な日陰を作ってくれるのだから、葉っぱはぜったいむしれない。

石で作ろうとしていた階段がわりの壁は、巨大な岩壁の前ではちっぽけすぎて、ばかみたいだ。

わたしもちっぽけすぎて、ばかみたい。


そんな日々が十日もつづいた。

今日、ひも付き石を、岩壁の上まで投げるのに成功した。ひもを引っぱりながら、まっすぐひもが垂れさがってくれるように願ったが、そこで石が力なく落ちてきた。

もう一度最初から。投げる。石が落ちてくる。

または上で砕ける。上で止まっても、ひもを引っぱるとすべり落ちる。下までころがり落ちてくる。わたしはそれを拾いにいき、大きく二歩踏み出すと、また投げる。


わたしは大きな決断をした。食べるのは二日に一度にする。

残りはあと三十食。

これで月が二回めぐるまで持ちこたえられる。

決断祝いとして、最後の水ゼリーを空にした。

夜になってだいぶたったけど、わたしは寝つけない。お腹が鳴ったり、中から引っぱられたりねじられたりするようで落ち着かない。わたしは敷きものの上で身うごきしたり体を丸めたりする。

大きな満月が出ている。現実ばなれした光が、岩壁のなだらかな輪郭を浮かびあがらせている。穴のなかは、ひえびえとした青に染まっている。

かすかな音が聞こえてくる。ときどきゆっくりになるが、ずっと聞こえている。

タック　タック　タック　タック　タック　タック　タック　タック　タック。

テヴィダだ。

わたしは気づかれないようにそっと起きあがると、かがんで下を見た。葉のあいだから巣穴の場所が見える。

角ばったシルエットは岩壁を登っている。長い脚が岩壁に張りついているようで、垂直にすばやく、軽々と走っていく。わたしはそこから目が離せない。タック　タック　タック　タック　タック——あの子は遠ざかっていく。

そしてあっというまにてっぺんに着くと、砂漠のなかへ消えていった。

なんて簡単なんだ。

テヴィダはわたしが寝ているあいだ、毎晩出かけているんだろうか？

あの子の帰りを待ちたかったけど、とうとう睡魔につかまって、わたしは眠りに落ちた。


ふと目がさめたとき、テヴィダは帰ってきてるかと気になった。それともどこかへ行ってしまった？　そう思っただけで体がふるえだす。

ここでの孤独はあまりに深い。テヴィダはどうしても失いたくない。

わたしはすばやく木を下りると、わき水を飲みにいくより先に、ドキドキしながら身をかがめた。

ぎょろ目は穴のなかにいた。

テヴィダは帰ってきていた。

わたしはテヴィダに小さく手を振って、また木に登った。

その晩、わたしはよく眠れなかった。空腹のせいで、胃がねじれたり悲鳴をあげたりしていたのだ。

わたしはソラスのことを考えた。

ハンターたちは、目ざしていた穴を見つけただろうか？　もちろん。往きにだいたい月ふためぐり、重い荷物が増える帰りは、それよりもうすこしたくさん時間をみて行った。それに木を切りたおし、切りわけ、再出発の準備をする時間も……。いまごろはきっと、この上なく貴重な荷物を積みおわっているだろう。

でもわたしなしで帰ったら、母さんはなんて言うだろう？

陽の光が広がった。眠りからさめて、わたしは目を開ける。

葉の冠が、いつものようにわたしをつつんでいるけれど、なにかがちがう。

わたしは伸びをすると背負い袋を取り、枝にざっくり結んであるひもをつかんですべりおりる。

足首が立った。

何歩か歩いてみる——信じられない。

空はあまりに青く、あまりに変わらず、青くありつづけることにあまりにうんざりしたのか、白い雲を浮かべている。

「見て、テヴィダ！　雲！」

砂漠では、雲はめったに現れない。わたしは一度しか見たことがない。

父さんは、そのときもういなかった。わたしは父さんの本とともに寝ていた。

わたしの胸から、ハンターになりたいという思いが離れなくなっていたころだ。

父さんが生きていたときも、そう話すといつも鼻先で笑われて、仲間たちにまで言いふらされた。「どう思う、みんな？」。ハンターたちは子どものわたしをからかい、おれたちのズボンをつくろえるかと聞いた。そのほうがみんなの役に立つぜ。わたしはふくれ面で、その場をあとにした。

ともかく。父さんが死んでも、わたしの思いは変わらなかった。それどころかもっと強いものになった。父さんが生きたように生きたい、狩りがどういうものか知りたいと思った。自由というものや、はてしない砂漠での仲間との絆も知りたい。それが父さんに近づくたった一つの、いちばんいい道だ。獣たちには悪いけど。復讐で十匹ぐらいやっつけてやるから。

ある日の午後、キャンプ地に奇妙な風が吹いた。いつもなら風が吹くと唇がかわいたり、目や鼻がチクチクしたりする。でもそのときの風は心地よくて、まろやかと言ってもいいほどだった。焼けつくような暑さもまるでなかった。

女の人たちや子どもたちは、その風を吸いこみに外へ出てきた。橇のしたくをしていた商人たちは、手を止めた。

しばらくすると、空は白っぽい羽毛のようなものにおおわれた。女の人たちはテントへ走り、かごや花瓶や広口瓶や、水をためられるものならなんでも持って出てきた。

長老ばあさまは、あざ笑った。

「なんとも、ものを知らない連中だねぇ！　雨なんぞ降ってこんわ！」

母さんは、桶を手にテントから出ようとしたところだったのだけど、その言葉で立ちどまり、後ろに下がって桶をかくすと、なにくわぬ顔でほかの人たちに加わった。わたしは母さんについていった。

「雨を降らせる雲というのは、灰色でふくらんでおる。お腹に子どもがいる女と同じ、水をかかえて重くなっておるんじゃ」

そのとき空に出ていた雲は、明るくまぶしくて、重くもつらくもなさそうだった。

長老ばあさまは、ぶつぶつ言いながら行ってしまった。


いま、わたしは穴の底に閉じこめられて、これから起きることにも一人きりで立ちむかわなくてはならない。空の様子が変わってきた。傲慢な青が消えはじめ、引きさがる。わたしの頭の上で雲が積みかさなり、白から灰色になる。

反射的に、わたしはなにか受けとめられる入れものをさがそうとしたが、必要ないんだと気がついた。ここには、池がある!

地面に寝ころぶ前に、ぎょろ目がいるあたりを見やった。いる。わたしに注意をむけている。ぎょろ目のテヴィダはぜんぜん眠らず、穴全体を見張っている。ほんとうはきっと眠っているはずだけど、いつ寝ているのかわからない。目を閉じられるのかどうかもわからない。

「テヴィダ？　おまえ、まぶたはある？」

朝のこの思わぬできごとで、わたしはうきうきしていた。

「これから奇跡が起きるよ、テヴィダ。空から水が落ちてくるの」

ぎょろ目はおとなしく聞いている。

わたしのお腹が鳴る。空っぽであることにいらつき、怒っているおばあさんみたいだ。でもそれを無視して、わたしはあお向けに寝ころがると、首の後ろで両手を枕のかわりにした。

そして待った。

空では雲という雲が動く。じきにそれらがわたしにもよく見えるようになると、いろいろなものが現れた。角がある怪物たちの顔、耳もたくさん、鼻にとがったあごに、がに股の足。はてしなく長い首の獣が一匹。燃えあがる棒きれ、むくれるおじいさん、七本指の手、脚の数が少ないテヴィダ、木、踊る女の人、ずんぐりした体に巨大な頭の赤ちゃん。

雲はどうして、もっとたびたびわたしのところに来てくれないんだろう？　こんなにおもしろいなんて！

あちこちで風が巻きおこり、岩壁にぶつかって跳ねかえり、木の冠を乱す。葉っぱが騒ぎ、痙攣したように揺れうごく。

父さんとハンターたちは言っていた。切りたおした木が、わたしたちを生かしていると。

それはちがう。

ここに落ちてきてから、わたしを生かしているのは、水だ。わたしは水を飲み、水で顔や体を洗い、破れのできたチュニックをこすって洗った。わき水は傷だらけの両足を癒やしてくれた。

もし長老ばあさまが、いまのわたしの言葉を聞いたら、しわだらけの口を開け、虫歯や黒い穴を見せながらにっこりするだろう。

水がわたしを生かしてくれている。

空にむかって立つ木は、照りつける太陽からわたしを守ってくれる。

その枝は武器にもなり、わたしの足首を治す道具にもなる。

それでも長老ばあさまの話には、ばかばかしいところもあると、引きつづきわたしは思っている。水は木の根もとじゃなくて、もっと遠いところにあるじゃないか。ふん！

でもここにはわたししかいない。言い張っても仕方ない。

いや、ぎょろ目のテヴィダもいる。それに木の幹を行ったり来たりして働くコンチュウたちと、地面のなかにいるコンチュウたちも。

ハンターたちを追いかけてずっと歩いていたとき、水は一度も見なかった。キャンプ地の近くでも見なかった。砂漠の奥へ、奥へと進んできた集団移住のときにも。

水がある唯一の場所、それはここだ。

穴の底深く。

木のあるところ。

まるで偶然みたいに。

長老ばあさまの声がまたよみがえってきて、わたしは混乱する。ばあさま、わたしの頭から出ていって！　出ていって！

雲がひしめきあい、風がひんやりしてきて、木はますます激しく揺れうごく。見えない手が好き勝手に揺すっているみたい。

わたしは待つ。

テヴィダも待っている。

とつぜん、わたしの横の地面に〈ピチャン〉。

足のそばに〈ポチョン〉。

わたしは跳びあがった。砂の上に小さな黒い丸がいっぱい広がっていく。

一つ、また一つ、それからわたしの手の甲にも落ちてくる。わたしはじっと観察する。この水は広がる。しずくだけどゼリー状のものとはちがう。ぺちゃんこになるし繊細だ。なめてみる――わき水みたいにおいしい。

わたしは目を丸くして見つめつづける。しずくは途中で見えなくなることも多いけど。みんな身を寄せあい、一族で集まって、大急ぎで落ちてくるようになる。みんなで笑っているみたいだ。空から旅立ち、地上で人間たちや木々やぎょろ目のテヴィダたちといっしょになれたのを、喜んでいるみたい。

朝になって陽がのぼり、太陽は上空をつらぬいているだろうに、すずしさが波のように穴へ押しよせる。

世界が一変したかのよう。

雨が降っている。

予告もなしに、水はとつぜん絶え間なく大量に落ちてきて、わたしの体をたたき、連打し、砂をどろりとさせ、岩々をおおい、遠いわき水のそばの茂みを飲みこむ。流れがいくつもでき、わたしはびしょぬれになって、チュニックが重くなり、大きな冠の下にあわてて避難する。そして幹にぴったり身を寄せる。

こんなにぬれたのは生まれてはじめて。わたしは笑いたくなってくる。まわりのものも、なにもかも灰色に染まって楽しそう。

テヴィダも、いつもより奥に避難したらしい。あのぎょろ目が見えない。

わたしは木に抱きつくと、幹に頬を当てる。

そして世界が水を飲む音や、雨がうたう歌に耳をすます。


雨が行ってしまった。

とつぜん、やんだ。

はじめは何滴か遅れたしずくたちがいて、まるで先に行った仲間を追いかけようとするかのようだった。待って、待って、わたしたちはまだここ。

ハンターたちを追いかけようとしていたわたしみたい。

それから、ぱたっとやんだ。

ときおり岩壁や木の葉から、しずくが一滴落ちてくる。

〈ピチャン〉という澄んだ声が、深い穴いっぱいに広がる。

わたしはわき水を見にいった。

水の量が増えて、しみ出る水も太くなっている。

この水はどこから来るんだろう、そしてどこに行くんだろうとわたしは考えた。いつもしみ出ているのに池があふれないのだから、どこかに行っているにちがいない。

わたしが全部飲んでるわけじゃないし！

太陽はあっというまに、ぬれたところを片すみからかわかしていった。

どろりとしていた砂もさらさらに戻って、また指のあいだからこぼれ落ちるようになった。

わたしは木に戻った。感情がひどく揺りうごかされて、いまはただ眠い。


きのう、わたしは添え木なしで歩いてみた。もう痛くない。治ったのだ。

「見て、テヴィダ！　ふくらはぎがこんなに細くなっちゃった。棒きれみたい！　それより茂みの枝かな……。わたし、木になりかけてるのかも！」

弱ってしまったこのふくらはぎに、力を取りもどさなくてはならない。足首まわしだけでは足りないのだ。わたしは岩壁に沿って、穴をぐるりとまわってみることにする。陽が照りつけているところでは、スカーフで身を守りながら。足の裏で踏んばり、つま先立ちでも歩く。ときどき立ちどまって、筋肉の硬さを確かめてみる。

これは新しくて興味深い仕事だ！

ひもに結んだ例の石は、木の下に落ちたまま。いっしょうけんめい考えて作ったけど、何の役にも立たなかった。

ここから脱出するには、ほかの方法を見つけなくては。

木から何メートルか離れたところにしゃがみこんで、わたしは穴を掘ってみる。木の根が水をたくわえているのかどうか確かめて、すっきりしたい。

砂を掘るのはむずかしい。すぐに流れて落ちてくる。はじめはどんなにがんばってもうまくいかず、そのうち暑くなりすぎて、冠の下に避難した。そして焼けた背中の熱がおさまると、また取りかかる。

ぎょろ目のテヴィダは、いつものようにわたしを見ている。

「手伝ってくれたらいいのに。脚がたくさんあるんだから、うまく掘れるんじゃない？」

わたしはそう言って笑顔を向けると、また掘っていく。

しばらくすると、冷たくてしっとりした砂に指が触れた。水をたくわえている砂だろうか。でもこないだの雨の水かもしれない。どちらかわからない。いずれにしても、わたしはそこでやめざるをえなかった。根っこがそこらじゅうに張りめぐらされているのだ。太いもの、細いもの、ときにはひもぐらい細いものもある。そして重なり、それらがさらに重なりあって、あたり一面をおおい、道をふさいでいる。木が巨大な服を自分で織りあげたみたいだ。

わたしは掘ったところを埋め、もうすこし遠くを掘る。

根でいっぱいだ。

掘ったところを埋める。

また掘る。

やっぱり根っこだらけ。

わたしはもっと離れてみる。

岩壁のふもとまで来て掘ると、ようやく根っこはなくなっていた。

わたしは地面に寝ころがった。腕をほぼまっすぐのばして。

と、手がなにか硬いものに当たった。

石かなと思いつつ、きっとそうじゃないという気もしている。指先でなぞると白いものが見えたので、さらにそのまわりをこすって掘り出した。それは……頭蓋骨だった。

わたしは木の下にそれを持ちかえると、表面に残っていた砂粒をはらった。

縦長で堂々とした頭蓋骨だ。目と鼻の位置には穴があいている。あごには歯が残っている。そしててっぺんには、二本のとがった角。

動物の頭蓋骨だ。

わたしはふるえた。長老ばあさまは、つまらないことばかり言ってたわけではないんだ！　昔の世界には、やっぱり動物たちがいて、この頭の大きさから考えるなら、大きかったはず！　ハンターたちは、このことを知っているんだろうか？　こういう頭蓋骨を見つけたことはあるんだろうか？　骸骨を見つけたことは？

　ハンターたちはテーツなら持っている。金属の一種だ。砂丘で砂が走ったり移動したりすると、ときどきその残骸が出てくるので拾うのだ。

　残骸は大きくて長い。なにに使われていたのか誰も知らない。たぶん昔の人たちが作ったもの。中にもなにかある。ハンターたちはそれを斧で切り、ハンマーで打って、食器やナイフを作る。

　でも、動物の話をしているのは聞いたことがない。

　ハンターたちは廃虚や瓦礫に出くわすこともある。ほぼ完全に砂でおおわれた壁や屋根や、抜けがらになった街の一部が、ところどころ顔を出していることがあるのだ。そういうところは、できるだけ避ける。霊たちが住んでいて、こちらに不幸をもたらすから。

　どうしてわたしたちのところには、もう動物がいないんだろう？　長老ばあさまは、昔の人間たちが毒殺したからだと言っていた。そのあと、あっというまに全滅したのだと。

それから砂漠がすこしずつ忍びより、世界を飲みこんだ。

頭蓋骨だけになったこの動物は、生きていたときは大きくて強かったにちがいない。人間はどうして動物たちを死なせてしまったんだろう？　なぜ？

わたしは頭蓋骨を自分のわきに置く。

「おまえが生きてた世界は、美しかったんだろうね。どんなふうだったか、知ることができたらなあ……」


着ているチュニックが、短くなった。袖も短くなったのか、手首が出てしまう。

わたしが大きくなったのかな。

でも筋肉は、まだたよりないまま。

そろそろナイフを持とう。

キャンプ地でナイフを持つことが許されるのは、大人だけだ。母親は娘に、父親は息子に最初のナイフをわたす。

わたしはまだ母さんからもらっていない。髪も短いし。

母さんもほかの女の人たちと同じように、ナイフをベルトに差している。はじめはそれを盗ろうかと、この旅のしたくをしていたときに思った。でも決心がつかなかった。ナイフを作ったのも、わたしたのも父さんだったから。父さんが狩りの途中で、つやつや光る灰色の岩を見つけ、それをけずって作ったナイフなのだ。柄はオレンジ色の素材で、彫刻がほどこしてある。それを母さんから盗ったら、母さんのなかで父さんは二度死ぬことになってしまうだろう。

長老ばあさまのナイフを失敬しようかと思ったこともある。でも〈ミュルフア〉に入るときに、置いていったのだと思い出した。そういうしきたりなのだ。

そういうわけで、わたしはナイフなしで出発した。

いつかキャンプ地に帰れたら、わたしは父さんのナイフを受けつぐことになるだろう。父さんが死んだとき、ナイフは母さんのもとに返ってきた。いまは藁布団のそばの小さな箱にしまわれている。柄は使い古されている。よく気をつけさえすれば、それを出していいことになっているので、わたしはときどきナイフを手に持ってみた。父さんもこれを持っていたのだ。そう思うと、ちょっと父さんと手をつないでいるみたいな気持ちになる。

ともかく、いまは自分でナイフを作ろう。

わたしは、地面に落ちていた岩のかけらを見つけた。とがっていて長い三角形。いい刃になりそうだ。ほかにも石をいくつか拾って、それでそのかけらをけずってみた。柄にぴったりの枝もあった。あとはその枝にどうやって刃を取りつけるか。そのうち思いつくだろう。

今日は陽がしずむのよりだいぶ前に、木に登った。夕方の光はやさしく、地面からの熱も心地いい。わたしはナイフ用の岩のかけらを、もう一つの石でこすってけずる。細かい破片が飛んでいく。

　もうじき、一番星が現れるだろう。

　わたしは夜空が好きだ。こんなに寒くなければもっといいのに。

　わたしはソラスと、夜のつどいから離れてキャンプ地のはずれで、一枚の毛布にくるまるのが好きだった。安心していられる程度に親たちの声が聞こえ、自由だと感じられる程度に遠い場所。

　はじめての狩りに出発する直前、ソラスはわたしをテント群のはずれに連れていった。

「早く出発したい？」わたしは聞いた。

「うん。帰ってきたら、ぼくはもういまのぼくじゃない。ハンターになってるんだ」

　そのあともなにか言いたそうだったが、そのまま口をつぐんだ。わたしの目に、嫉妬か悲しみの色が浮かんでいたのを見たのだろう。

　それからわたしたちは長いあいだ、身うごきもせずに黙っていた。はじめは居心地悪かった。でもすこしずつ、わたしは自分の思いのなかに逃げこんだ——父さんはこの空の下、砂漠を歩きまわったのだ。そうしていまもながめている空の下で、わたしのことを思ってくれたにちがいない。

　父さんが死んでから、母さんは最初のうち、父さんの話をしたがらなかった。でも月が何回かめぐるうちにだいじょうぶになって、わたしの知らない父さんの話をしてくれるようになった。知っている話のときでも、わたしははじめて聞くようなふりをしていたっけ——。

　ソラスがわたしの手を取った。わたしはびくっとした。

「ねえ……もし魔法の力があって、天も地も、自分たちが生きていくところも創れるとしたら……どんな世界で生きていきたい？」

　そんなことどうでもいい、それよりわたしの手があなたの手のなかにあることのほうが大事——わたしはそう言いたかった。そしてわたしもソラスに同じ質問をしたかった。でもその答えを聞くのが怖くて、ただこう答えた。

「どんな世界でもいい、そこに父さんと母さんさえいてくれれば」

　ほんとうの答えはちがったのに。もっと大きな希望だったのに。

　わたしたちの上で輝いていた星空みたいなものだったのに。

お腹が大きな音で鳴る。あと二十三食。

一日が長すぎる。


ナイフの刃ができた。木で切れ味を試してみる。わたしが寝ている下の枝に切りこみを入れたり、樹皮をけずり取ってみたり。そうして現れたきれいな木の肌にも、切りこみを入れてみた。

この切りこみ一つで、一日を表わそう。

それはたくさんになるだろうけれど、枝はわたしが腕をのばしたのよりも長いから、だいじょうぶなはず。

あるとき、はじめのほうにつけた切りこみから、半透明(とうめい)のとろりとした液体がにじみはじめた。

ねばねばしてべとつく液体だった。

わたしはすこし待ってみることにした。

これで、前よりさらに強く鳴るお腹(なか)をだませるかもしれない。

するとすこしずつ、どの切りこみからも同じ液体がしみ出てきた。

木が血を流している——そうとしか思えなかった。

ごめんなさい、とわたしは木にあやまった。

その肌(はだ)に日にちをきざむのは、そこでやめた。


きのうからなにも食べていなくて、もう体がもたない。まだ朝だけど、しょうがない。わたしはプロテインバーをゆっくりかんで、この上ない幸福を味わった。胃袋(いぶくろ)

は喜びのうめきをあげた。

そのうめき以外のものにも、ふと注意を引かれた。

地面で、小さな子たちが生まれ出ている。

わたしは木から下りていくと、かがんでよく見てみる。

何十個もの小さな球が、まんなかから割れている。木の枝についていた袋みたいなもののなかにあったのと、同じ球だ。あのときは気にもとめなかったけど。その球の中心から、黄色と白のとても小さい茎が出ている。爪の先ぐらいの小ささ。不思議。木についていたときには緑色だった球が、ここでは茶色になっている。

わたしは一つ拾って、指でころがしてみた。超ミニ版の木といった感じ。


木はお母さん。

球はその子どもたちのもと。

雨が降って、その子どもたちが生まれたのだ。

わたしはお母さんの木をナイアと名づけた。

そして小さな球でいっぱいの小さな袋を、背負い袋にたくさん入れた。小さな袋は木から直接取った。もしまた雨が降ったら、これで実験してみよう。

わたしはナイアの枝の上で葉っぱを織りつづけ、自分のためにお人形を作った。でも針がないから、とてもむずかしい。まあいいや。

気がまぎれるから。

わたしはだんだん昼間も眠るようになっている。

すぐ疲れる。

雨を待っているけど、来ない。

あとはテヴィダを見まもる。

わたしがテヴィダなら、岩壁を駆けのぼって家に帰れるのに。

でもテヴィダの家は、ここ。

わたしはブランコ遊びをしてみる。

長くて太いロープを編んで高い枝に結び、垂れさがった下のほうには大きな結び目を作った。そこに跳(と)びのり、結び目の上に体重をかけて体を揺(ゆ)らす。枝がたわむけれど、だいじょうぶ。葉っぱたちが歌う。わたしは前に後ろに揺(ゆ)れうごく。

下りたときには、手が水ぶくれだらけになっていた。ロープを強く握(にぎ)りすぎていたみたい。


ナイアから下りていくたびに、わたしは赤ちゃんたちを観察する。木や岩壁(いわかべ)の近くで、陽(ひ)の当たるところの子たちは大きくなっている。でも死んじゃったのもたくさんいる。

なんとか力になってやりたいけど、どうすればいいのかわからない。


酸素ボンベがまだ何本も残っている。

穴に落ちてきてから、ほしいと思わないのだ。

ひさしぶりに一本開け、管を入れて吸ってみる。

すると目がまわりだし、世界はゆがみ、空はせまくなってナイアの幹が跳びかかってくる。わき水は走りながら遠ざかり、岩壁がくずれてくる。

全部落ち着くと、もう一本吸ってみた。

今度は吐きたくなった。でも結局、五本を空にした。それから最後の三本を吸ったけど、かえって息がしづらくなった。

　これまでに作った太いひも、細いひもで（山のようにある！）、わたしは環飾りを作り、そこにボンベの空ボトルを吊りさげた。指先がふるえたけど、なんとか吊るし終えた。

　そしてそれを、ナイアの太い枝二本のあいだに架けた。

　ボトルをちょっと動かしてみる。すこし風が吹いてくれれば、もっといい。あとは目を閉じるだけ。キャンプ地にいると思うことができる。カチャン、カチャン——母さんがわたしの名を呼んで、こう言うんだ——糸がもつれてるわ。ほらほら、サマァ、集中しなさい。急いで。長老ばあさまにスープを持っていかなくちゃ。

　わたしは泣いた。


　今日の午後は、太陽が強烈。葉っぱもつらぬいて、穴の底まで焦がすよう。

　わたしはゆっくり歩く。すこし目がまわる。

　そしてナイアのことを考える。

　ナイアはお母さん。じゃあお父さんたちは？　お父さんもいる？　もしお父さんやお母さんを切りたおしたら、その子どもたちはどうなる？

焼けつくような太陽のせいで子どもたちが死んでしまうのを、わたしは見ている。

お母さんの冠がなければ、木の子どもたちを守るものはほかに何もない。

じゃあ、人間の子どもたちはどうなんだろう。

わたし自身は、水のおかげでまだ生きている。

それならナイアの赤ちゃんたちも同じだろう。

わたしのお腹で、胃袋が跳ねまわっている。

わたしはわき水のところまで行くと、酸素ボンベの空ボトルに水をいっぱい入れた。

そして育ちのよくない木の赤ちゃんに、そっとかけてやった。

そうやって、わき水と赤ちゃんのあいだを何往復もした。

そしてくたくたになると、避難場所にしているナイアの敷きもののところまで登って、そのまま眠った。暑さでぐったりしたまま。

今朝は水につかりにいった。

体をのばすと水が受けとめてくれて、両足が浮く。頭は砂の上で支えられている。池の長いひげのようなものがさかんに手をなでるので、わたしは無意識のうちに一本引きぬいて、水面に出した。平たくて緑色でねばねばしている。太陽の光を受けて、表面がきらめいている。

わたしはそれを口に入れると、あの小さな生きものや緑の球と同じ味ではありませんようにと願いながら、ひと口かみちぎった。はじめは粘りけが独特で、上あごにくっついてねばねばした。でもそれから、わりとあっさり飲みこむことができた。

そしてその一本を、結局全部食べた。

つづいてあと二本食べた。

一回の水浴びで、三本の緑のひげ。これはよさそう。

これで何時間か、空腹もおさまっているだろう。とびきりのニュースだ。

でも最高のニュースではない。

ほんとうにいいニュースは、わたしがナイアの赤ちゃんたちを救いつつあるということ。

四、五本は死んで、小さな茎が力なくうなだれていたけど、ほかはちがう！　茎が元気を取りもどし、一ミリ一ミリ空に向かってのびつづけている。

わたしは水をやりつづける。朝は太陽と闘うため、夕方は、夜に飲めるように。わたしと同じように。

あと十九食。

今日は、もっとほかの活動もしたほうがいいと心に決めた。葉っぱを編むのはもうできない。第一に、なにに使えばいいのかわからないほど、ひものストックができたから。第二に、茂みの枝には、もう一枚の葉っぱもないから。わたしが全部使ってしまった。

わたしはぶらぶらと、平らな石の下に住んでいる小さな生きものたちのところへ行った。そして作ってはみたけどなんの役にも立たず、ちっぽけでばかばかしいあの壁から、石を取った。かなり大きいのから中ぐらいのものまで。そして三角形の土台を作って、ピラミッドのようなものを建てた。もちろん、そんなに大きなものじゃない。でもキャンプ地のまわりのピラミッドと同じように、堂々とした姿だ。

これは、わたしのサインのかわり。

わたしがここにいたというしるし。


ゆうべ、いつものようにナイアに登ろうとして、落ちた。二回めでやっと登れた。ますます疲れがたまってきているみたい。

なにしろ忙しい一日だったのだ。

木の赤ちゃんたちを何本かでグループにして、その周囲を掘っては、地面に落ちていた枝や葉っぱを集めてきて、そっと入れてやった。

「だってね、テヴィダ、誰にだって安全な場所がいるでしょ。おまえも巣穴のなかにかくれるじゃない？　そこが安全な避難場所なんだよね。わたしはナイアのところ。

葉っぱの冠の下の、敷きものを広げたところ。そこで暑さから身を守って休める。でもあの赤ちゃんたちは？　なにもない。だからわたしが藁布団をあげようと思ったんだ。あの子たちに合う大きさの。気に入ってくれたら、すぐにわかるはず。そうだよね？」

朝夕、わたしは水もやりつづけた。

育ちつづけたのは、やはりわたしが葉っぱの敷きものをあげた子たちだった。きっとふんわり心地いいにちがいない。

でも水をやらなければ、小さくはかない頭がすぐまた落ちてくる。

長老ばあさまが言ってたことばかり考えている。樹皮は薬にも毒にもなると言っていたっけ。ナイアのはどっちなんだろう？

あと十六食。

池の緑のひげはほぼ食べつくした。


また岩壁に登ろうとしてみる。

岩壁には毎日行っている。でもどこに手をかけてみても指がすべる。わたしを支配しているこのゆるくカーブした壁のどこかに、裂け目はないんだろうか。道はないんだろうか。わたしはさがす。

道は閉ざされている。

ハンターたちは大勢だし、杭や岩を割る道具などの装備がある。穴の上にロープを取りつけ、荷車やそばの岩などで固定する。それでも穴の底で動けなくなったことがあったと、前に父さんが話してくれた。理由はもう思い出せないのだけど、たぶんロープがはずれてしまったんだろう。とにかく、閉じこめられてしまったそう。そのころのわたしにとって、父さんが帰ってこないなんて、ありえなかった。不死身だと思っていた。

「それで？　みんなどうやって外に出たの、父さん？」

ハンターたちは、岩壁を打ったりたたいたりけずったりしつづけたそうだ。そうやってすこしずつ岩壁に段をきざんだ。それを交代でおこなって、ついには階段を作り、のぼって外に出たのだとか。

でもわたしは一人だし、なんの道具もない。

技術も力もない。

ナイフができた。柄にしようと思っていた枝を、できた刃の先でけずってナイフをはめこんだ。そして細いひもで固定した。

わたしは誇らしかった。大した技術もないのに作りあげた。

わたしのはじめてのナイフ。

自分で手にしたのだ。キャンプ地の誰がなんと思おうと、これはわたしにふさわしいナイフ。


池をのぞきこんで自分の姿を見たら、前髪が完全に目をおおっている。

テヴィダが——人間のほうのテヴィダが、これを見るときの顔が目に浮かぶ！　眉をひそめるんだろうな。あはは！

〈テヴィダがこれを見るとき〉

それはいつ？

テヴィダはいつ見るの？

〈もし見たら〉じゃなくて。

〈もし〉じゃなくて、〈いつ〉。

夜、ソラスの夢を見た。

ソラスはテヴィダと結婚式をあげるところだった。人間のテヴィダじゃなくて、八本脚でぎょろ目のテヴィダと。

長老ばあさまが式をとりおこなっていて、父さんもそこにいて、若い二人がかぶった冠に、雨が空から落ちてきた。

誓いの言葉が述べられると、テヴィダはソラスの手のひらに飛びのり、細くてごつごつした脚でそのまま腕をのぼって、とがった口でソラスの喉にかみついた。

長老ばあさまはそれを止めなかった。そしてソラスのほうを指さしながら「人殺し！　人殺し！」とわめいた。

わたしは両手で顔をおおったまま、その場に立ちすくんでいた。ハンターたちはテヴィダを追いかけ、復讐しようとしている。テヴィダは死ぬ。それがわかる。

わたしにはなにもできない。
ふり向くと、長老ばあさまが木に姿を変えて、顔は樹皮のなかに溶けていった。
わたしは汗をびっしょりかいて目をさました。
まわりは静かで寒い。
まだ暗いなか、わたしはテヴィダが巣穴にいるのを確かめたくて、木を下りていった。
ぎょろ目が見えた。
わたしは泣いた。

木の赤ちゃんたちが育っている。注意深く世話をしてもかなり死んでしまったのは、残念だったけど。茎がすっかりしなびてしまったのを見るのは、悲しい。
持ちこたえている子は、ますます少なくなっている。

枝や葉っぱを敷いてやった子たちは元気だ。

茂みのほうにも、赤ちゃんたちが生まれていた。

小さなこの子たちに水をやるのは、くたくたになるほどの作業だろう。

ナイアに赤ちゃんができたのは、はじめてなんだろうか？　ちがう気がする。根もとの砂を掘ってみると、なかが空っぽのかわいた茶色い球が出てきた。ナイアは長いあいだ、小さな木々を育てようとしていたにちがいない。でもそれらを太陽がだめにしたのだ。


今夜はプロテインバーを一本食べたかったけど、明日にとっておかなくてはならない。そこでわたしはナイフの先で、ちょっとだけ樹皮をはがしてみた。分厚くではなく、表面だけ。ナイアが血を流さないように。そしてしばらくその樹皮を見つめていた。それから口に入れた。

「ごめんね、ナイア。もうお腹がすきすぎて」

最初はなにも起こらなかった。次に、妙な味が口に広がった。刺すような、目がさめる平手打ちのような。ちょっと苦いけど、まずくはない。

あとは、これが毒なのか、わたしは死ぬのか、待つだけ。


わたしは死ななかった。でも樹皮には気をつけたほうがいいと学んだ。最初に食べた日にはなにも起きなかった。すこし疲れにくくなったほどだ。それでたくさんの赤ちゃんたちに水をやることができた。

二日めも同じだった。

三日め、わたしは朝昼晩と三回食べた。

夜中、お腹がひどく痛くなって、全速力で木を下りなくてはならなかった。

おかげで次の午前中は、ほとんど寝ていた。そして体力を回復させるため、プロテインバーを一本食べた。あと十四食になった。

ほんのすこしだけなら、樹皮は食べられる。栄養にはならない。でも痛かった歯ぐきが痛くなくなった。ナイアが治してくれたにちがいない。

長老ばあさまは正しかった。ナイアには人を治してくれる力がある。

でも長老ばあさまのことは考えたくない。キャンプ地のことも。まして母さんのことは。

部族の歌も、もううたわない。忘れたい。

思い出さないほうが楽だから。前にあったものを。

わたしが失ったものを。

その後わたしは、朝にだけ樹皮をそいで食べている。ナイアにはいつもお礼を言う。

そしてナイアを傷つけないように、当たりさわりのなさそうな表面だけちょっと、いつもちがう場所から取る。もし深くそぎすぎても、すぐ傷口がふさがるように。

赤ちゃんの木のなかで、ほかよりすくすく育っているのが一本ある。お母さんの木からは離れていて、岩壁やテヴィダの巣穴からは近い。その子をポロックと名づけた。わたしがやる水や藁布団に感謝してくれているのがわかって、うれしい。ナイア自身は、どうやって生きているんだろう？　わたしが水をやっているわけではないし、足もとを掘って避難所を作ってやるにはあまりに太くて大きい。そもそもナイアには必要ないのだろう。根っこのドレスを広げているから。

ナイアは自立しているのだ。

すごいなあ。

わたしは長老ばあさまの声を頭から追いはらうけど、ナイアの根っこは、湿った砂のなかでなにかをさがしにいっている……。

わたしはたくさんの赤ちゃんたちに水を運びつづける。いまは茂（しげ）みの子たちにも。そして夜と朝のあいだに、その子たちの背がどれだけのびたか見る。わたしが世話した成果だ。

赤ちゃんたちは、わたしのおかげで命をつなぎ、大きくなっているのだ。

それでこの穴のなかも、わたしのおかげで姿を変えようとしている。

池の緑のひげと茂（しげ）みの葉っぱはなくなった。でも新たな赤ちゃんたちが生まれた。

これは思いがけないことだった。

もし母さんに話したら、なんて言うかなと考える。

そしてそこで、考えは止まる。

ごめんね、母さん、ごめんなさい。

ある朝、まだまどろんでいて、陽の光も穴に届かないころ、風に乗って変わった音が聞こえてきた。叫び声とピーピーいうような音。わたしは敷きものの上に起きあがり、そばに置いている槍のかわりの棒きれを一方の手で、もう一方の手でナイフをつかんで待ちかまえた。

これは人間の叫び声や音ではない。心臓がドキドキ鳴っている。

音はどんどん大きくなり、近づいてきて、とつぜんすさまじい物音が穴に降ってきた。

反射的に、わたしは武器を握りしめて幹に体をよせた。

騒音はおさまらず、逆にひどくなる。わたしは目を上げざるをえない。

そして息をのんだ。武器を握ったまま。

いったいなにかわからない。こんな動物は見たことがない。そもそも動物についてはなにも知らないんだし！　ここで見たもの以外は！

その生きものたちは、空から来た。わたしの手のひらぐらいの大きさだけど、迷信からつぶされるあのコンヂュウたちのような透明な羽ではない。かわりに色のついた変な毛でおおわれている。目は黒くて大きく、顔の先はとがっていて、そこが開く。口なのだ！　生きものたちはナイアの冠に押しよせると、枝をつつきだした。

わたしはナイアが攻撃されていると思って、叫んだ。あっち行け、出ていけ、早く！

強くつつかれすぎたらナイアは血を流すだろうし、なにしろ大群だ！　羽を広げ、その羽で宙をたたき、上がっていったり引きさがったりしている。

でもそれから、もっとよく見てみたら、枝にいる小さいコンヂュウたちをついばんでいるのだとわかった！

そして多くが口を開けたまま、速い呼吸をしている。この生きものたちも疲れている様子だ。わたしは彼らにさわってみたくなった。

みんなばかみたいに大騒ぎして、わたしにはわからない言葉で呼びかわしている。笛の音みたいな言葉。

それから不意に飛びたった。

わたしもロープを伝って飛びおりると、生きものたちを追いかけ、息を切らして走り、赤ちゃんの木たちのあいだをぬって、茂みを通って近道をしたら、わあ！　みんな水を飲みにきていた！

池のまわりに集まって、とがった小さな口を水にひたしたかと思うと頭を上げ、水が喉を下りていくようにしている。水浴びをして、楽しげに大騒ぎしながら体を振っているものたちもいる。

わたしに新しい友だちができた！


その生きものたちは、まる一日とひと晩ここにいて、それから行ってしまった。

食べられる生きものかなと、わたしはちょっと考えた。テヴィダも同じことを考えたみたいで、あの空の住人が小さな巣穴に近づくと、跳びかかる体勢になっていた。でも実際に飛び出す前に、来客は宙に舞いあがった。

わたしも槍で串刺しにできただろう。できたはず。でもそのあとは？　あの毛を食べる？　全部？　とがった口まで？　もし毒の部分があったら？

わたしは一度も動物を殺したことがない。わたしを襲ったあの獣さえ……まあ小さなコンヂュウをつぶしたのと、食べようとしたやつは別だけど。

わたしは空腹だ。でもどうすればいいのかわからない。

それに彼らもとても疲れているようだった。

そして葉っぱの冠のなかにまた集まって、太陽が消えていくと、身を丸めてたがいに寄りそいあい、とがった口を毛のなかに入れて眠っていた。

彼らが行ってしまうとき、わたしは目をしっかり開けて、みんなが空のかなたに消えていくのを見つめていた。みんな美しく、自由で力強くて、あんなに簡単に行ってしまった！　自分が鈍く、重たく思えた。地面から離れられずにいて！

彼らはどこに行くんだろう？　長い旅なんだろうか？　そうだとしたら、ナイアがここにいるのを知ってたんだろうか？　それともたまたまやってきただけ？

あの叫び声も鳴き声も、生命力に満ちていた。

あたり一面が、また静けさにおおわれている。

この穴の外に出る力がほしい。テヴィダや空の住人たちみたいな力が。一度外に出て、砂漠の平らな地面に立てたら、砂のなかに足跡か道か目じるしを見つけられるかもしれない。

だけどわたしはナイアと同じ。ここに閉じこめられている。

あと十二食。

ポロックは、わたしのくるぶしよりも背が高くなった。てっぺんには完ぺきな姿の葉っぱたちが現れている。こんなに細いのに、不思議。小さくてたよりないこの茎が、どうやってナイアみたいな大木になるんだろう？　とにかく、この世界はこの子を育てようと決めたわけだ。

ナイアは何歳ぐらいだろう？　こんなに背が高くて大きいんだから、何十歳かであるのはたしか。

何百歳かもしれない。

ひょっとすると、もっと。

それなら昔の世界を知っている。

ナイアが話せたら、そしてそれがわたしにわかったら、わたしはいろいろなことを学べるのに。


夜、寝つこうとしたときに、空腹でお腹がさかんに鳴って、胃が内側から引き裂かれるみたいに痛くなった。わたしはナイアにしがみついた。

根っこというドレスを織りあげたナイア。

子どもができたけど、熱すぎる太陽で失ったナイア。

そして水を飲み、血のように樹液を流すナイア。

ナイアは母さんみたいだ。

体力がなくなってきている。

ナイアの樹皮を食べてさえ、どうにもならない。

木や茂みの赤ちゃんたち全員に水を運ぶのはやめた。

でもポロックだけは別。あの子にだけは水を飲ませつづけている。話しかけてもいる。そうしてテヴィダを紹介し、テヴィダがわたしの命を救った話をした。あのときのことをくわしく説明した。木には目がないから。まあ耳もないみたいだけど、そこは問題じゃない。わたしはポロックの頭脳にむかって話したのだ。

どうかこのまま元気で、大きくなってねと、わたしは彼にたのんだ。

お母さんを見捨てないで。

わたしみたいにならないで。

あと七食。

月のめぐり半分で、わたしには食べるものがなくなる。


わたしは日中もナイアと過ごすようになった。

太ももが両方とも妙(みょう)にやわらかく、細くなった。

ポロックには水をやりつづけている。

やせた体で、小さな頭にしっかり葉っぱを広げて空のほうへのびていく姿は、ほんとうにたのもしい。

岩壁にはどうやっても登れない。一つも道がない。

わたしはもう希望がもてない。


闇のなか、わたしは手さぐりする。月は輝く縁どりとなり、空から浮かびあがっているけれど、びっしり葉が集まっているナイアの冠で、わたしが休んでいる敷きもののあたりは暗い。

わたしは槍を握りなおす。ナイフは、腰に結んだベルトに差しこんである。

わたしは枝から、緊張して下を見まわす。わたしを目ざめさせた奇妙な音がなんなのか、つきとめようとして。

キャンプ地にいるなら角笛かもしれないけど、ここではもちろんちがう。それに角笛はもっと大きな音。なにかを知らせるためだから。でも空気を切るようなさっきの音は、低く繊細で、岩壁をやさしくなでるように反響し、穴じゅうに広がった。そして一度やんで、またはじまった。

音は歌のようで、夜に溶ける。そもそも夜そのものから出てきたような歌。

歌は呼んでいる。

わたしは身をかがめ、目を見ひらく。穴は青みをおびたあわい光を浴びている。

それから聞こえてきたのは、いつものあの音。

タック　タック　タック　タック　タック　タック　タック　タック。

テヴィダがまた巣穴を出ていったのだと思った。

でもあの子は下にいる。

ぎざぎざのシルエットが、巣穴から半分出ているのが見えるのだ。

テヴィダは静かにじっとしている。

すると不意に、テヴィダがもう一匹現れた。

歌っていたのはこの子だ。

そして脚を高く、わたしのテヴィダの脚よりも高く上げた。

攻撃するの？

わたしはテヴィダに加勢しにいこうと、一瞬思った。テヴィダの巣穴が取られそうになったら、とがらせたこの槍が役に立つはず。

でも、歌をもうすこしよく聞いてみた。

歌はテヴィダを呼んで、なにかを言おうとしている。

巣穴を取ろうとしているのではなくて。

わたしのテヴィダも、攻撃の構えはとっていない。

待っている。

それでわたしも待ってみる。

歌うテヴィダはゆっくりと、長い脚での一歩を見せびらかすように、わたしのテヴィダに近づいていく。

かと思うとちょっと下がり、また歩き、立ちどまる。二本の脚をとても高く上げて、下ろす。そしてまた、同じこと。

すこしずつ、歌うテヴィダが進んでいく。

ほとんどナイアの下まで来ている。

そうして歌いつづけながら、わきに寄ると、止まった。甲高い歌が、星のちりばめられた空にのぼっていく。

変わった動きは、ミリメートル単位の細かさだ。まちがいない、このテヴィダはダンスをしている。

不意に、わたしのテヴィダが巣穴から完全に出てきた。

ほのかな月の光で、姿がわかる。

そしてわたしのテヴィダもまた、針のような脚を高く上げた。そしてもう一匹に、波のような動きで近づいていく。ためらいつつ、かと思うと、自信に満ちて。

止まる。

また近づいていく。

その体が、広大な空からの透明な光を照りかえしている。

そしてもう一匹の前まで来ると、好奇心いっぱいの目で相手を見た。

それから自分のリズムで、今度はわたしのテヴィダがダンスをはじめる。

静かな穴のなか、石の一つ一つが耳をすましていそうなところで、二匹のテヴィダの声が絡みあって出会いを歌い、脚は、きっと千年も昔からつづいているにちがいない愛のダンスを踊っている。わたしの心臓は強く鳴った。二つのシルエットがとつぜん一つになり、二匹はまさしくパートナーとなって、いきいきと振動しはじめたから。
夜の闇のなかで歌い、ダンスするテヴィダたちを見て、わたしはソラスのことを思った。わたしもどれほどソラスとダンスしたいか。いっしょに歌いたいか。世界を銀色の夢に変えてしまう月の光の下で。

二匹は巣穴のなかへ消えた。
わたしは涙をふくと、ナイアに抱きついてふたたび眠った。

もう一匹のテヴィダは行ってしまった。わたしのテヴィダは、また一人になった。
わたしと同じように。

おととい、プロテインバーを一本食べた。

あと三食。

なんとか岩壁（いわかべ）をよじ登ろうと、わたしは何度も何度も挑戦（ちょうせん）した。


太陽が大きく輝（かがや）いて、この世界全体の支配者は自分だと示している。

わたしはポロックに水をやりながら泣く。

この子には生きつづけてほしい。

心臓が鳴っている。わたしは生きている。このはてしない世界で、ほんとうにちっぽけだけど、命ある存在だ。
怖(こわ)いけれど、受けいれる。

わたしはもうじき父さんのところへ行く。

風に乗って、いくつもの声が聞こえてくる。
声は岩壁で跳ねかえる。
低い声、弱々しい声。
わたしはため息をつく。
そしてナイアに抱きつく。
この声は……。
この声は、知っている。
夢だ。
わたしがこの世からいなくなるときに聞こえてくるなんて、うれしい。
わたしは起きあがって、耳をかたむけてみる。
「ソラス？」
静けさが、平手打ちのように返ってくる。
わたしは敷きものにうずくまり、ナイアの枝に体をあずける。頭がぐるぐるまわる。
「ソラ――――ス！」
そよ風に乗って、声が戻ってくる。

「ソラ――――ス！」

わたしは太く編んだロープにつかまり、地面に落ちてふらつき、激しい太陽の光で目も見えない。

「ソラ――――――ス！」

「サマァ？……　カロ！　くそっ、カロ、早くこっちへ！」

わたしはもう力が出なくて、太陽の下ですわりこむと、まぶたを閉じた。

「いま行く、サマア！」

物音、叫び、話し声。わたしに向かってなにか言われているけど、耳鳴りがして聞こえない。息を吸い、吐き、熱い砂にさわって、ひとつかみ取るけど指のあいだからこぼれていく。そしてそれをくり返す。

肩に手がかかり、もう一つの手がわたしを立ちあがらせる。

ソラスがそこにいた。そしてわたしを抱きしめた。

「サマァ……サマア！　なにしてるんだ、こんなとこで？　いや信じられない、おい、こんなにやせて……」

カロが来て、水ゼリーを差しだしてくれたが、わたしは首を振った。ハンターたちも続々とやってきて、わたしを岩壁の日陰に連れていく。ソラスが食べるものをくれて、わたしは一本、二本とプロテインバーをむさぼった。

耳鳴りがおさまって、目もはっきり見えるようになった。

そこらじゅうで音があふれ、命があふれている。

わたしの命も。

「いったい……どうやって……ちょっと落ち着いた？」ソラスがほほえむ。

わたしはなにもかもが信じられない。まだ眠くてたまらないし、ここに、わたしの穴にハンターたちがいるという幻みたいな光景に、ただ茫然としている。

カロが、わたしの前でしゃがんだ。

「強情っぱりめ、なんて強情っぱりなんだ！　おれたちのあとをついてきたんだな？」

わたしはうなずく。

「で、迷子になった！　それにしても、おれたちが帰りのルートを変えてよかった！おまえは途方もない幸運の持ちぬしだな！　途方もない！」

わたしは頭を下げた。三つめのバーを食べ終えながら。

「いつからここにいる?」カロが聞く。

「最初はかぞえてたけど、もうわからなくなった。月のめぐりが四回? もっと?」

「四回だと!? キャンプに戻(もど)るには、あと月のめぐりの半分、歩かなきゃならんぞ!」

ハンターたちは大声でしゃべり、呼びかけあい、ロープがつぎつぎ岩壁(いわかべ)に下りてきてかわいた音をたて、残りのハンターたちも下りてきて笑いあう。

「これまでいったい、どうやって持ちこたえてたんだ!?」

「食料は持ってた。日陰(ひかげ)もあった」

「で、木を見つけたんだな!」

「そう。わき水も」

「わき水だって? おい、みんな、わき水があるぞ!」

わたしはまだ食べていた。

みんながここにいる。

わたしは死ななくていい。

死ななくていいんだ。

母さんにまた会える。

父さんのナイフがもらえる。

みんなにわたしのナイフを見せよう。わたしが作ったナイフを。

わたしはみんなをよく見てみる。

疲れているみたいだ。

「狩りはうまくいった？」

ソラスが首を振った。

「急いで行ったんだけど、着いたときにはもう遅かった。穴は略奪されたあとで、木はなくなってた。で、手ぶらで戻ってきて……」

「いまはもうちがう！」カロが立ちあがって叫び、わたしは跳びあがりそうになった。「みんな急げ！　すでに食料はかぎられてる。おまけにもう一つ口がふえた。ぐずぐずしてるひまはないぞ！」

カロがまわれ右をする。わたしもがんばって立ちあがると、彼の腕に手を置いて、引きとめる。

「ナイアは殺さないよね？」

カロはその意味がわからないまま、しげしげとわたしを見た。日焼けした顔に、満面の笑みが浮かぶ。

「サマア！　おまえはおれたちを救った！　この木を切れば、少なくとも月が五回めぐるあいだ、やっていける。次の集団移住の準備もできる。おまえがいなかったら、この穴に気づきもしなかっただろうよ！　もしおまえの父さんが生きてたら、言うことを聞かなかった罰におまえを閉じこめるかもしれんが、これだけは言える。おまえをほんとうに誇りに思っただろう！」

ふと見ると、ハンターたちがテヴィダの巣穴のそばにいる。みんな興奮している。わたしはカロを押しのけると両手を握りしめ、目の前の光景を信じたくない気持ちで走りだした。ハンターたちは枯れ枝を集めては、テヴィダの巣穴に突っこんでいるのだ。おもしろ半分で「うえー！」などと叫んで下がり、また枯れ枝を集めると戻ってきて、中腰で巣穴のなかをあちこちさぐる。わたしはほんの一瞬、そこにみんなとはしゃぐ父さんのシルエットを見た気がした。吐き気がした。

わたしは砂の上ですべり、手のひらをすりむき、〈やめて〉、立ちあがり、今度は自分のスカーフに足をとられ、ソラスが抱きとめてくれたけど、乱暴に振りほどいて巣穴まで走り、〈やめて〉、中腰になっているハンターの背中をけり、つんのめってそいつはころぶけど、わたしはなおも突きとばして、巣穴の前に立ちはだかった。

「この子にかまうな！」

ハンターたちは大声で笑う。

「この子って誰？　動物かい？　見たの？」

わたしはナイフを出す。

「この子になにかしたら、殺す」

笑い声がやみ、ソラスが来てわたしと目の高さを合わせ、眉をひそめたけど、彼が言おうとしていることなんてどうでもよかった。

「下がって！」

ソラスは立ちつくす。

「みんな下がって！」

わたしが呼吸を整えると、ソラスが一歩前に出たので、わたしは腕を大きくまわして彼のひじの近くに切り傷を負わせた。

その後ろにカロがいた。

「サマァ！」

「下がれ！」

涙と汗で目の前がかすむなか、ほかのハンターたちは道具を取り出し、深い穴のなかに忌まわしい音が鳴りひびき、それが岩壁に反響し、その反響は残忍な笑い声のようで、わたしの耳を打ちくだく。

ハンターたちがナイアの幹に、斧を振りおろしはじめたのだ。

「やめて！」

やめさせにいこうとするわたしの前に、男たちが立ちはだかる。テヴィダも守らなくては。

「もういい、サマア！」カロが怒って、わたしのほうにやってくる。

わたしは跳びかかった。カロは驚いてわたしのナイフを避け、飛びのいた。

わたしは勇気をふるった。

勇気をふるってハンター長に挑んだ。まだ少女のわたしが。

男たちはあっけにとられて距離をとり、道が開けた。すかさずわたしは叫んだ。

「出ておいで！　テヴィダ、出ておいで！　逃げて！　早く！」

まるで言葉が通じたみたいに、テヴィダが巣穴から飛び出して、岩壁に飛びうつった。

わたしは見まもった。石のナイフを固く握りしめたまま。

テヴィダのお腹に、半透明の小さな袋が見える。

テヴィダにも赤ちゃんが生まれるのだ。

男たちは叫び、動きまわり、そのうち一人が小石を拾って投げようとしたので、わたしはその腕にむかってナイフを投げた。全力で。

「早く、テヴィダ、早く！」

男はうめき声をあげた。ナイフは肩に刺さっている。カロがわたしに跳びかかって押したおし、ののしりながら、わたしの両腕を後ろにまわさせた。

「おまえ、気がちがったか、気がちがったか！」

痛いけど、そんなことはどうでもいい、わたしはもがいて首をまわす。テヴィダが登っていく、あの長い脚で岩壁の上を身軽に、そのまわりで石がくずれ落ちるけど、テヴィダは登る、走る、〈がんばれ、テヴィダ、逃げろ、行け、行け〉、あとすこし、また誰かが投げた石がテヴィダの体をかすめて、テヴィダは一瞬バランスを失ったけど、すぐまた体勢をたてなおして這いあがり、あと数センチ、〈やった〉、テヴィダは砂漠に消えた。

地上のハンターたちは、テヴィダが出ていった反対側にいる。

テヴィダは助かった。

でも……。

「ナイアにさわらないで！　ナイアがいなかったら、わたしは死んでた！　お願い！　ナイアを助けて！」わたしは泣きじゃくる。

そして地面に倒れる。見たくない、いま聞こえてくる音も聞きたくない。わたしは焼けつくような砂の上に体を丸める。


テヴィダは行った。でもナイアは、逃げられない。

何本もの斧が規則的なリズムで、ナイアの大きな幹に襲いかかる。ガン、ガン、ガン。

深い穴全体が鳴りひびき、助けを呼んでいる、でもなにもできない。ナイアをかこんで男が四人。ひと振りごとに、わたしは引き裂かれる。

「カロ、もしここでのことを知ってたら、こんなことはしないはず。もしここでのことを知ってたら……」

カロはわたしの両手をずっと後ろにまわさせたまま、力をかけてくる。痛みが強くなる。このままでいたら、あとすこしで肩の骨が折れるだろう。ソラスがそのことに気づいたにちがいない。こう言った。

「みんなを手伝ってきてください、カロ、ここはぼくが代わりますから。心配しないで。ぼくが代わります」

後ろにまわされていた両腕がゆるめられたので、わたしは立ちあがろうとした。でもソラスに止められた。

「やめろ、サマア、ハンターたちは気が立ってる」

「ソラス……やめさせて」わたしの声は弱々しかった。「お願い、みんなをやめさせて」

ソラスはなにも言わない。

わたしは顔を上げた。

幹がすこしずつ裂け、開き、割れ、ふるえている。ナイアが血を流し、わたしに助けを求めている。ナイアが死にかけている。わたしを守ってくれたナイア、わたしが赤ちゃんの世話をしてあげたナイア、わたしに樹皮を食べさせてくれたナイア、大きな腕でわたしを受けいれてくれたナイア、何十年も何百年も、生きのびるために深い穴の底で一人闘ってきたナイア。

そのナイアが死にかけているのだ。わたしの仲間たちに殺されようとしている。なのにわたしはなにもできない。

許して、ナイア。

「ナイアって誰？」ソラスがささやいた。

ナイアを切りたおすのには、一時間以上かかった。

何本もの斧が幹を打ち、砕き、ハンターたちはその斧に体重をかけ、力をこめる。

ナイアは観念する。

そしてゆっくりと倒れ、降伏し、横たわった。地面に衝突したときには、深い穴全体がうめいた。

自分でも聞いたことのない声がお腹の底からほとばしって、空にのぼっていった。

ソラスがわたしを抱きしめた。

わたしは歩く。
太陽に焼かれながら。
砂漠に飲みこまれそうになりながら。
そしてナイフで岩にしるしをつけていく。
わたしのしるし。
わたしは背負い袋を前にかかえて抱きしめる。
中には小さな球でいっぱいの小さな緑の袋がぎっしり入っている。
ナイアの子どもたちだ。

目もくらむ太陽光線の下を長時間歩いたあと、夜にはハンターたちも足を止めて、火をおこす。そして車座になって食べる。

わたしは離れたところにすわる。

ナイアの遺骸が荷車に積みあげられている。

わたしはカロもソラスも、誰のことも憎みたくない。

ハンターたちと合流できて、喜ぶべき。

でもあの人たちの無知がナイアを殺したのだ。ナイアは小さな生きものたちの糧となり、小さな生きものたちは空の住人たちの糧となっていた。ナイアはテヴィダやわき水といっしょに生きていた。強いのに、人間の前では弱かった。

怒りがおさまらなくて、わたしは眠れない。毛布の下で寝がえりばかり打っている。毛布はソラスが自分のを貸してくれた。ソラスはお父さんと眠っている。寝つけないまま、わたしはこぶしを握る、ゆるめる、また握る。

父さんは木をたくさん殺した。

仲間たちと歩き、数百年も生きてきた幹を切りたおし、穴にある水を略奪し、たぶんそこにいたテヴィダのような動物たちをもてあそび、みんなといっしょに笑っていたのだ。

いま、自分をこんなにも苦しめているのはなんなのか、もうわからない。すぐそこの荷車に積まれたナイアの幹なのか、それともさっき見たハンターたちの姿と同じように、父さんも愚かだったということなのか。

テヴィダにかわいい赤ちゃんがたくさん生まれますように。脚がいっぱいあって、ぎょろ目の赤ちゃんたち。そしてあの巣穴に戻りますように。

でもナイアがいなくなったいま、あそこで生きていける？

ポロックは？

わき水も涸れてしまう？

わたしは星空を見あげる。この空の下のどこかに、ナイアのような木たちがいるんだろうか？　それとも人間が全部切ってしまった？

もしわたしに魔法の力があって、天も地も生きていくところも全部創れるとしたら、ナイアやわき水やテヴィダでいっぱいの世界を創る。

それが、わたしの望む世界。

タック タック タック タック タック タック タック タックという耳になじんだあの音や、葉っぱたちのかすかなざわめきが、いまも聞こえてくる。

でも、ナイアがいた砂漠は死んだのだ。

砂漠はいま、ただ沈黙している。

煮えたぎるような砂の上を歩くせいで、足が血まみれになった。ソラスが気づいて、自分のサンダルを貸してくれた。わたしの足には大きすぎるけど、とにかく足の裏は守られている。それでもぎこちない歩きかたしかできなくて、一行から遅れる。ハンターたちはわたしを待たなくてはならなくて、ぶつぶつ文句を言う。わたしはなんとか足を速める。

今夜、何日も前に深い穴を出発してからはじめて、ソラスが火のそばを離れ、わたしのそばに来た。

「おれたちのところへ来いよ」

「行けない」

「わかんないな……」

「当たりまえ。わたしみたいにナイアの冠に守ってもらって生きてた人、その子たちが育つのを見てた人じゃなきゃ、わからない」

「でも〈ボイ〉がなければ、おれたちは生きられないんだぜ！」

「ちがう。その大本の木々がなければ、誰も生きられないんだよ、ソラス。木は土を変えて、水を運ぶ。動物たちはその木陰で生きて、大きくなる。ほかの動物たちも休みにきたり、避難しにきたり。木々があるから、この世界は豊かになる。なければなんにも育たない。そういったこと全部が、わたしにはわかった。長老ばあさまは正しいの。ソラスにも、わかってもらいたい」

ソラスはまじまじとわたしを見た。

それから一瞬、笑顔がゆがんで、わたしがあまりによく知っているあの小ばかにしたみたいな表情が浮かびかけた。でも抑えた。わたしが泣いていたから。なにかが変わったのが、ソラスにわかったから。

わたしは変わったのだ。

「わかろうとしてみるよ、サマア。約束する。おれに話してくれ」

わたしはハンターたちの後ろを歩く。砂漠の風で、鼻の穴が焼けつきそう。あまりに熱くて息ができず、肺になにも入ってこないように感じる。

わたしは切られたナイアの幹を見つめる。

配給はソラスのぶんを分けてもらっている。サンダルも借りている。

夜になって、ソラスは食べ終えると、わたしのところへやってくるようになった。わたしは話す。木陰は心地よくて、いろいろなものを与えてくれること、葉っぱたちの歌のこと。働きもので頭と頭であいさつする小さなコンヂユウたちのこと、わき水で生きかえったわたしの体、池の底にたくさん生えてたひげ。テヴィダの愛、頭蓋骨。

ソラスは耳をかたむける。

何日かすると、ソラスは火の前で食べるのをやめ、わたしのとなりでプロテインバーをかじるようになった。

「今日もたのむ。もっと聞かせて」


キャンプ地が近づいてくるにつれ、わたしはどんどん怖くなる。

もし長老ばあさまが死んじゃってたら？

ばあさまがいなかったら、わたしが体験したことも、いま思っていることも、誰にもわかってもらえないのでは……。

わたしはナイアの遺骸にしょっちゅう近づいては、身をかがめて感じる。ナイアの匂いを。

流れた血ももうかわいた。

わたしはナイアの匂いをかぐ。

キャンプ地に到着した。

砂漠のベージュの砂の上に、黒いテントの群れが並んでいる。わたしははじめて、長期間留守にしていたハンターの目で、キャンプ地を見た。角笛の音が響く。みんなが喜んでいる。

でもわたしの頭には、一つの考えしかない。

だから、みんなとはちがう方向へ歩きだす。

「サマア！」カロが叫んだ。

わたしは〈ミュルファ〉のほうを指さす。

カロはすこしためらってから、うなずいた。わたしは一行から離れ、〈ミュルファ〉にむかって対角線上を走る。息せき切って走る。心臓が耳のなかで鳴っている。

「サマア！」

母さんの声が聞こえた。大好きな母さん、わたしがいなくなってどんなにさびしい思いをさせたことか。でもわたしは長老ばあさまのテントに向かって走りつづける。テントの前に着いたとき、わたしは息が切れてまっ赤になっていた。足がぶるぶるふるえる。

「サマア！」

母さんも来た。母さんも走ってきた。わたしはその腕に飛びこむと、頬に、首に、肩に、体を押しつけて強く抱きしめた。

「ごめんなさい、母さん」

「この子は帰ってくると言ったじゃろうが」

長老ばあさまのしわがれ声がして、思わずわたしは母さんから離れてふり返った。

透明な青いの瞳がそこにあった。

長老ばあさまは、生きていた。

ばあさまは入り口の布を上げると中へ消えた。わたしは入っていく。母さんもつづく。

長老ばあさまは藁布団の上にすわっている。

ずっとここにいてくれたんだ。うれしい！

わたしはばあさまの正面にすわる。母さんもすわる。ばあさまは、すっかりのびたわたしの髪のなかに指を差しこんだ。

「で？」

わたしは背負い袋を自分の前に置くと、ナイアの子どもたちを取り出して床に置いた。ばあさまが一つ手に取って、念入りに調べる。

「種じゃ」とばあさま。

わたしはうなずく。

そう、種だ、もちろん。

「これがどうすれば木になるのか知ってます」わたしは答える。

となりでわたしをなでていた母さんの手が止まる。

そして目を丸くしてわたしを見る。

母さんがわたしの手を取った。その手のひらから、わたしへの信頼（しんらい）と愛が伝わってくる。

わたしはにっこり笑った。そして話しはじめた。

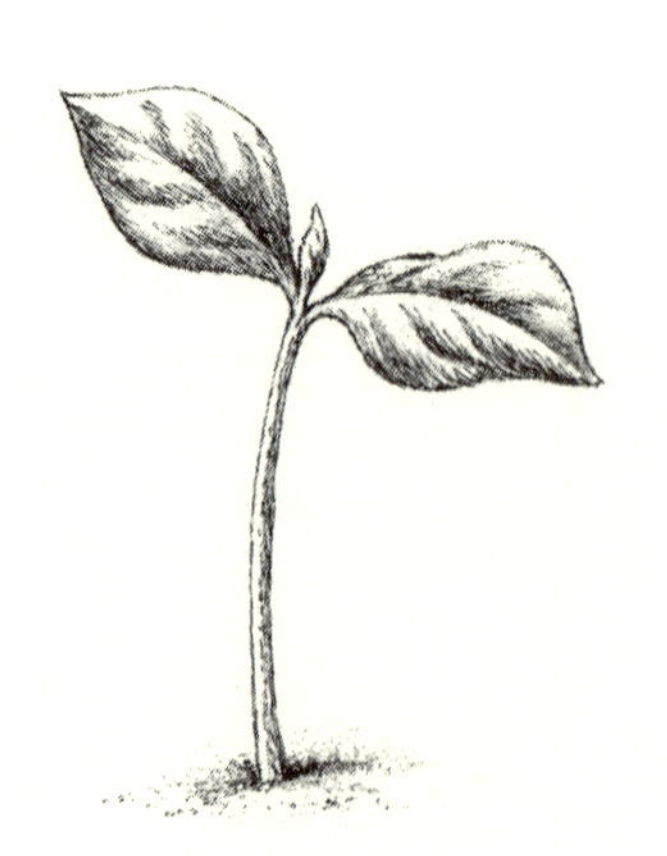

集まった人々は静かに聞き入っている。

少年が〈本〉を閉じる。ふるえる両手で。

細かく繊細な文字のあいだにまぎれこんでいた葉は、干からびてもろく、インクはところどころ消えている。

この〈本〉に触れ、読むことができるのは、十年に一度開かれるセレモニーのときだけだ。

少年は幸運だった。

そのとなりから、一人の女性が歩み出る。サマァの子孫だ。髪は短くしている。

そのひとは語る。その後サマァが長老ばあさまと母さんとともに、つけてきたしるしを手がかりにあの穴に向かって、どのようにふたたび出発したか。

そして三人で、どのようにナイアの子どもたちを植えたか。

どのようにほかの者たちも加わったか。ソラス、髪の長いテヴィダ、女たち男たち、そこにグワルンもいた。

それからどのように、略奪されたすべての穴に全員で向かい、その底で種をさがしたか。最初の木々を守るために、どのように戦わなくてはならなかったか。柵や罠を作り、武器を取り、ときには殺さなくてはならなかったか。ハンターたちや大都会の金持ちたちから森を守るため、どのように多くの者たちが死んでいったか。

ほかの場所でも、どのように森が生まれたか。

少年は聞いている。真剣に。

サマアのことを考えている。

少年はもう水ゼリーも酸素ボンベも使っていない。

それに〈本〉に出てきた空の住人たちが、鳥だということを知っている。クモもアリもヘビも知っている。ハイエナも、トビネズミも。ほかの本もたくさん読んできた。よその遊牧民たちも宝物として大切にしてきたものだ。

少年は客たちについていく。客たちはポロックにあいさつし、その太い幹に色あざやかな織物をぐるりと結ぶ。

森は穴を埋め、周囲に広がっている。いまや見わたすかぎりの緑だ。あたたかなそよ風が葉っぱたちをなで、葉っぱたちはいくつもの秘密をささやく。動物たちも戻ってきた。

わき水が流れだした。

少年がポロックにあいさつする番だ。進み出て、少年はサマァに、ナイアに、ぎょろ目のテヴィダに、昔の記憶を保ちつづけた長老ばあさまに、感謝する。

そして彼女たちのために枝を一本選んで、細いひもを巻きつける。終わると友人たちと遊びに駆けていく。シダを、木の根を、まだ幼い木や草を、低木の茂みを飛びこえて。大人たちは語りあっている。

少年の家は、アカシアの木の高いところに建てられた小屋だ。そこでは、しっかりしたハシゴを編むこともできる。笑い、話し、飲み、食べ、少年は小鳥たちの歌を聞きながら眠ることができる。

著者あとがき

もうずいぶん前のことですが、わたしは中東にある王国、ヨルダンに住んでいたことがありました。

映画「アラビアのロレンス」で有名な、ワーディー・ラムの砂漠が広がっているところです。

そこで暮らしている人たちは、遊牧民族のベドウィン。

砂漠は焼けつくように熱く、はてしなく、生活するのがむずかしい土地です。人間二人が出会うのが、めずらしいようなところです。そんなところでベドウィンの人たちが出会うと、おたがいの健康や子どもたちのことや、たくさんのことをたずねあいます。千年も昔からつづいているしきたりです。

でもその前に、まずこんなふうにあいさつするのです。

「一つの家族と一つの平野」

なぜならこの土地で人と出会うことは、「約束する」ことでもあるからです。出会った人は家族として自宅であたたかくもてなし、連れてきた動物たちには、広い平野をのびのび使わせてやる――そんな約束です。

このあいさつで、外国人も受けいれられ、きびしい環境(かんきょう)のなかでも手を差しのべてもらえます。

これは、生きものがより弱い存在である世界での、生きているものどうしの絆(きずな)を象徴(しょうちょう)しているあいさつなのです。

マリー・パヴレンコ

謝辞

なにもかもを疑っていたときに、わたしをはげましてくれたロクサーヌ・エドゥアール、この物語を書くようにと背中を押してくれたベン、ありがとう。

貴重なアドバイスをくれたセリーヌ・ヴィアル、セリーヌ・ドゥエーヌ、フラマリオン・ジュネス社のチーム――エレーヌ、マリーヌ、ブリジット、アエリス、ダヴィッド、ロランスはじめみなさん、ありがとう。

原稿を読んでわたしに戻してくれたオディールとバブー、ありがとう。おかげで文章をさらに練ることができました。

『Les Arbres des déserts――Enjeux et promesses（「砂漠の木々――争点と可能性」といった意味）』（二〇一三年アクト・シュッド社刊）について力になってくれたエドゥアール・ル・フロックとジェームズ・アロンソン、ありがとう。

世界にかつての姿を取りもどすため――貪欲さや愚かさによって美しさを失った不毛な砂漠ではなく、まばゆく光り輝き、豊かで多様性に富み、命あふれる世界になるよう闘っている団体や市民グループのすべてに――ＬＰＯ（鳥類保護連盟）、ＡＳＰＡＳ（野生動物保護協会）、One Voice（動物保護団体）、合成農薬禁止を求める団体Nous voulons des coquelicots（「わたしたちはヒナゲシがほしい」という意味）、生態系の崩壊や気候変動と闘う国際団体 Extinction Rebellion（「絶滅への抵抗」といった意味）、Youth for Climate（「気候のための若者たち」といった意味）、シーシェパード（海洋環境保護団体）、グリーンピース（国際環境ＮＧＯ）、ブルーム（持続可能性の実践団体）、ポリニス（ミツバチ等の保護団体）、Ferus（フリュ）（クマ、オオカミ、オオヤマネコの保護団体）、また多様な生命を守るために地域、地方、国と、世界各地に広がって活動している大小さまざまな団体に、ありがとう。

わたしに自信をくれたオーレリアン、ありがとう。

そして最後に、ステファン、マチアス、オーレリアン、そばにいてくれてありがとう。

訳者あとがき

女の人が一人、監視台から砂漠に向かって目をこらしている——そんな光景からこの物語は始まります。でも場面はすぐに変わって、長老ばあさまのテントに向かう十代の女の子が二人、いきいきと登場。ところがそこは、文明が一度滅びて砂漠化した世界なのです。

電気はなくなり、電気で読めた本（つまり電子書籍）もすべて消滅していて、火も火打ち石で起こし、部族ごとにテントを張って狩猟生活をするという、未来なのに原始に戻ってしまったような世界。ただ動物もほぼ消えうせているので、ハンターたちが狩るのは、なんと、木。木は地上から地下にもぐってしまって、そう簡単には見つからなくなったため、たいへんな貴重品になっているのです。

それを商人たちが大都会の人々に売りにいき、かわりにプロテインバーやゼリー状に加工された水、酸素ボンベなどを手に入れてきます。肉も野菜も穀物もない荒れた砂漠で、人々はそれらを摂取して生きているのです。

十二歳のサマァも、そんな人々の一人です。父さんと同じようにハンターになりたいという夢があるのですが、それは男にしか許されていない仕事。それでもサマァの決意は固く、ある日とうとうハンターたちのあとからこっそり出発して……。

物語はスピーディーに展開し、「この先どうなるんだろう?」とページをめくる手が止まらなくなります。たった一人で試練と向きあい、工夫をこらしながら生きのびるサマァの姿には、少女版ロビンソン・クルーソーのような趣きもあって、その不屈のがんばりに胸を打たれます。いまは亡き父さんとの思い出や母さんとの関係など、家族のかけがえなさもそれとなく伝わってきて、きびしい状況が続くなかでも折々心があたたかくなる一方、幼なじみのソラスへの想いと、恋敵テヴィダの存在に傷つく気持ちは、せつなく胸に迫ってきます。

また文字や書物を読むことの意義が、サマァの思い出から浮かびあがってくるのもおもしろく、いろいろなことがデジタル一辺倒になりつつあるいまの時代に、さりげなく警鐘を鳴らしているようにも感じます。

終盤のクライマックスはなんともドラマチックで、何度読んでも手に汗握り、涙がにじんできてしまいます。読むというより、まるで映画のように場面が見え、登場人物たちの声が聞こえてくるような迫力です。そして読み終わったあとは、毎日なにげなく見ている周囲の緑がこんなにもまぶしく美しかったのかと、訳者の私自身、世界を見る目が変わっているのに驚かされました。読者のみなさんも、身のまわりの自然の豊かさや尊さを、サマアといっしょに再発見してくれたにちがいありません。

　全体として、息づまるような冒険物語であり、詩のような生命讃歌であり、一人の女の子のすばらしい成長物語にもなっていて、地球環境問題が深刻化しつつあるいま、子どもにも大人にも読んでもらえたらと願わずにいられない作品です。

　ところで主人公の名前サマアは、原語ではSamaaと綴ります。音としては「サマ」に近いようですが、最後のaも活かしたいと考え、「サマア」としました（「サマア」ではちょっと重い感じですし、「サマー」では夏のSummerを思いうかべてしまいます）。そのサマアが、昆虫や野菜や鉄の実物をほぼ知らないまま、歯がほとんどない長老ばあさまから聞いたとおりに「コンチュウ」「ヤザイ」「テーツ」と発音しているのは、ユーモラスでありながらも、不毛な世界を映していて、はっとさせられます。

また、本書は章に分かれておらず、一気に読んでもらう形になっています。はじめ、日本語版ではより読みやすいように、原書の十ページぐらいごとに章に分けて、小見出しもつけようと考えていました。ところが、著者からぜひ原書のとおりの形にしてほしいと依頼があったのです。章に分かれていなくても、文と文のあいだのさまざまな余白で時間の経過を表しているからと。読者のみなさんには、そのあたりもぜひ感じとって読んでいただけたらと思います。

そのように余白にまで気持ちをこめた著者、マリー・パヴレンコは、一九七四年、フランス北部の街リールで生まれ、パリ第三（現ソルボンヌ・ヌーヴェル）大学で現代文学を専攻して文学修士となったのち、リールのジャーナリズム高等学院で学びました。そして十五年間ジャーナリストとして活躍し、二〇一〇年に、テレビや映画、コミックの脚本に加えて小説を書きはじめ、二〇一九年に刊行された“Un si petit oiseau”（未訳「こんなに小さな鳥」といった意味）でバベリオ・ヤングアダルト賞を受賞。二〇二〇年、本書でサン＝テグジュペリ賞とフランス文学者協会（ＳＧＤＬ）の児童書部門大賞を、二〇二一年にはＩＢＢＹフランス語圏ベルギー支部（Ｌｉ ｂｂｙｌｉｔ）ティーン向け小説賞を受賞して、現在も次々と作品を発表しています。

翻訳にあたっては、静山社編集部の鈴木理絵さんにたいへんお世話になりました。また鮮烈な装画や挿絵を描いてくださった河合真維さん、すばらしい装丁をしてくださったアルビレオさん、校正の佐山理美さんはじめ、サマァの冒険と成長をいっしょに見届けてくださったみなさまに、心からお礼申し上げます。

二〇二五年三月

河野万里子

マリー・パヴレンコ
Marie Pavlenko

フランスの作家。1974年リール生まれ。パリ第3（現ソルボンヌ・ヌーベル）大学で現代文学を専攻し文学修士となったのち、リールでジャーナリズムを学ぶ。15年間ジャーナリストとして活躍し、2010年から脚本や小説の執筆を開始。代表作に、"Je suis ton soleil"（2017年刊行、未訳）、"Un si petit oiseau"（2019年刊行、バベリオYA賞受賞、未訳）がある。本書で、2020年、サン=テグジュベリ賞と、フランス文学者協会(SGDL)が選ぶその年もっともすぐれたＹＡ小説として児童書部門大賞を受賞し、2021年、IBBYフランス語圏ベルギー支部(Libbylit)ティーン向け小説賞を受賞。

河野万里子
Mariko Kono

上智大学外国語学部卒。翻訳家。主な訳書に、『カモメに飛ぶことを教えた猫』(セプルベダ作)、『青い麦』『シェリ』(コレット作)、『星の王子さま』(サン＝テグジュベリ作)、『悲しみよ こんにちは』『ブラームスはお好き』(サガン作)、『キュリー夫人伝』(E・キュリー作)、『いのちは贈りもの ホロコーストを生きのびて』(クリストフ作)、『神さまの貨物』(グランベール作)、『シンプルとウサギのパンパンくん』(マリー＝オード・ミュライユ作)など多数。上白石萌音との共著に『翻訳書簡「赤毛のアン」をめぐる言葉の旅』。上智大学非常勤講師。

そして砂漠(さばく)は消(き)える

2025年５月13日　第１刷発行

作　者　マリー・パヴレンコ

訳　者　河野万里子

発行者　松岡佑子

発行所　株式会社静山社
〒102-0073 東京都千代田区九段北1-15-15
電話 03-5210-7221 https://www.sayzansha.com

印刷・製本　中央精版印刷株式会社

装画・挿絵　河合真維

装丁　アルビレオ

編集　鈴木理絵

Printed in Japan ISBN978-4-86389-791-5